누구나 글의 씨앗을 품고 산다

누구나 글의 씨앗을 품고 산다

박수진

프롤로그

글의 씨앗

낙서를 좋아하던 아이는 메모를 즐기는 어른이 되었다. 되짚어 보면 삶 곳곳 연필과 종이 혹은 연습장을 가까이 두고 살았더랬다. 적고 싶은 게 그만큼 많았던 걸까. 하긴, 수시로 적어도 모자랄 만큼 여러 사연이 있지 않았던가. 어느 인생이건 이야깃거리가 없는 순간은 없다는 걸 수많은 삶의 장면을 통해 배웠다. 서툴고 때로는 거칠기도 한 '쓰는 일'은 이제 자연스럽게 삶의 일부가 되었다. 약해지고, 무너져가는 마음을 달래기 위해 본능적으로 꺼내 들었던 펜이다. 그러나 지금은 소소한 일상을 즐겁게 담아내는 친구로서 역할이 크다.

본격적인 쓰기의 출발은 아픔이었다. 갑작스레 찾아온 질병, 제어하기 어려운 두려움. 하지만 나의 펜은 자기 자신을 벼랑 끝까지 걸어가도록 내버려 두지 않았다. 오히려 '오늘을 살자', '스스로 어둠 속으로 먹이를 던지지 말자' 다짐하며 노트를 덮게 했다. 덩어리째 찾아온 삶의 물음표 주머니를 하나씩 풀어가며 속마음을 만나다 보니 어느새 여러 권의 노트가 쌓였다. 새로운 하루가 매일 찾아오듯 내면의 소리도 매번 다른 목소리를 들려준다. 펜을 따라가다 보면 아픔뿐 아니라 아름답고, 빛나는 일 또한 가까이 있었음을, 그리고 소중한 이들이 곁에 있었음을 마주하게 된다.

살다 보면 한 번쯤은 컴컴한 어둠 속에 갇히는 경험을 한다. 크고 작은 시련, 좌절, 후회, 그리고 절망. 불현듯 가슴 밑바닥부터 뜨거운 기운이 밀려드는 순간이다. 의지와 상관없이 멈춰서야 할 때, 텅텅 빈 거리에 혼자 있는 느낌이 들 때, 어디로 발을 떼어야 할지 막막할 때, 간절하게 그립고 그리울 때. 하지만 삶의 시계는 주저함 없이 오로지 앞을 향해 나아갈 뿐이다. 흐르는 시간을 따라 수많은 삶의 흔적이 남았다.

아픔 속에 얼마나 머물러 있느냐 하는 문제는 개인마다 다르겠지만, 중요한 건 어둠을 대하는 태도다. 어둠의 시간을 걷는 우리에게 필요한 것은 무엇일까. 컴컴한 공기를 헤집으며 아무리 밖을 내다봐도 작은 것 하나 보일 리 없다. 바깥에 귀를 기울여도 들리는 소리가 없고, 손을 휘저어봐도 만져지는 게 없다. 덜컥 겁이 난다. 밖에서 답을 찾으려 할수록 멀어지는 듯하다. 누군가 나타나 속 시원하게 도움을 주면 좋겠지만 아쉽게도 스스로 길을 나서야 한다.

삶의 중요한 것들은 쉽게 사라지지 않고 저마다의 목소리로 남아 오늘의 자기에게 말을 건넨다. 어렵고, 힘이 들수록 무거운 목소리로 말이다. 예고 없이 튀어나온 그것이 무엇인지 가슴에 묻는다. 저 깊은 곳에서 흘러나오는 목소리를 글로 받아적어 본다. 단어와 단어의 이음새가 매끄럽지 않다. 하지만 상관없다. 평가하지 않고, 겁내지 않고, 있는 그대로 맞이하는 게 오히려 자연스럽다. 두서없던 글자와 거칠었던 호흡이 편안해진다. 준비가 덜 되어 있었을 뿐, 내면의 목소리를 맞이할 용기는 이미 마음 안에 살고 있었다.

우리가 숨을 쉬는 한 글의 씨앗은 어디에든 살아있다. 바깥의 이야기가 아닌 바로 내 안의 이야깃거리. 나의 본질이자 자신의 손으로 써 내려갈 삶의 문장들이다. 어디를 향해갈지 미리 불안해하지 말자. 우리 마음 안에는 스스로 위로하고, 스스로 자라게 하는 힘이 분명 존재한다. 내면 깊숙하게 자리 잡은 씨앗을 틔우고, 저마다의 모습으로 생생하게 꽃 피워내면 좋겠다.

'맥락'이라는 단어를 즐겨 쓴다. 이어져 있는 관계 또는 숨겨진 의미를 이해할 때 맥락의 파악 없이는 전체를 볼 수 없다. 작은 씨앗 하나가 줄기를 올리고, 잎을 틔우고, 오랜 세월을 버텨 자기만의 꽃을 피운다. 화려하든 화려하지 않든 저마다의 꽃은 자기만의 삶의 맥락을 가지고 있다. 시간이 이어져 한 송이의 꽃이 피어난다. 어떠한 일에는 원인과 결과가 있고 영향을 끼치는 요인이 존재한다. 쓰기는 그러한 모든 걸 천천히 바라보는 작업이다. 흩어진 삶의 맥락을 되짚고 앞으로 이어질 이야기를 풀어내기에 쓰기만큼 괜찮은 도구가 또 있을까.

부족하고 서투른 문장이지만 자신을 쓰며 경험한 치유의 에너지가 얼마나 소중한 것인지 나누고 싶어 조심스레 한 권의 책으로 엮었다. 이 작은 책이 세상에 태어나 마음과 마음으로 이어지는 통로의 역할을 할 수 있다면 더할 나위 없이 기쁠 것 같다.

목차

1장. 쓰기의 재발견

2장. 삶의 씨앗

3장. 쓰는 사람

4장. 성장의 글쓰기

1장

쓰기의 재발견

새로 쓰는 서사

✿

꺼낼 듯 꺼내지 못하고 눌러 담느라 눈시울이 빨개진 그녀가 떠올랐다. 어디서부터 시작해야 할지 막막했을 테다. 무엇이 튀어나올지 몰라 무서웠으리라. 마주 앉은 이가 과연 믿을 수 있는 사람인지 두려웠으리라. '언제든 이 세상을 떠날 수 있어요' 웃으며 말하였으나, 실은 누구보다 살아내고 싶은 간절한 바람을 입 밖으로 꺼내기 힘겨웠을 것이다.

속마음을 숨긴 채 아니 자신의 속마음이 무엇인지도 모른 채, 그녀는 재차 그만 살아도 좋겠다는 말만 꺼내 놓았다. 그녀의 입은 살며시 웃고 있었지만, 슬프고 처연한 눈빛은 감출 수 없었다. 세밀한 바코드처럼 찍혀버린 자해 자국은 어머니 가슴을 따갑게 할퀴었다. 아무도 자신을 이해하지 못할 거라는 믿음은 결국 세상을 향한 문을 굳게 닫게 했다. 어머니를 따라 상담실까지 나와준 것만으로도 고마웠다.

아이러니하게도 하늘에 대고 제발 살려 달라며 몸부림칠 때 그녀를 만났다. 폐암 확진과 뒤이어 찾아온 뇌 전이의 두려움. 하루아침에 세상이 무너져버린 그때, 할 수 있는 것이라곤 틈이 날 때마다 쓰는 것 말고는 아무것도 할 수 없었던 시기다. 고요히 잠이 든 아이들 곁에서 숱한 밤을 숨죽여 울었다. 햇빛이 드리운 낮에는 시커먼 불안을 가면 속으로 깊숙하게 숨기고 내담자를 만나러 센터로 향했다. 그래도 살아야 했기에 실낱같은 희망을 품고 오늘 할 수 있는 일에 집중하자 다짐 또 다짐했다.

지금이라도 당장 떠나고 싶은 자와 어떻게든 살아내고 싶은 자의 만남이라니. 참으로 우습게도 우리는 절실히 다른 방향을 바라보고 있었다. 하지만 극과 극의 팽팽한 줄 위에서 그녀의 눈을 바라봤을 때 느낀 건 죽음에의 갈망보다는 자기 자신을 찾고 싶은 간절한 외침이었다.

그녀는 감정을 꺼내어 말하는 것을 무척이나 어려워했다. 분명 자기 것임에도 남의 것을 대하는 것처럼 덤덤했다. 오로지 자신을 휘감는 울적한 감정에만 반응했다. 일부러 슬픔에 빠지려 애를 쓰는 것처럼 보였다. 주변의 오해를 받기 충분했다. 불안이 그녀의 머리털 하나라도 건들라치면 그것에 잠식되기 전에 스스로 팔을 그어 방어했다.

가족들은 답답하다 못해 도대체 왜 그러는지 이유를 알고 싶다며 그녀를 다그쳤다. 하지만 그녀는 자신도 왜 그러는지 모르겠다며 말간 눈을 동그랗게 뜨고 눈물만 흘릴 뿐이었다. 떨어지는 눈물조차 본인 것으로 느껴지지 않는 상태였다. 어머니를 따라 억지로 왔다 했지만, 첫 만남 이후 그녀는 성실하게 상담자를 만나주었다. 입 밖으로 꺼내는 언어로는 도저히 자신을 설명할 길이 없다는 눈빛을 보낼 때 조심스레 노트 한 권을 건넸다. 관심을 보이는 모습이 일단 반가웠다.

가끔 일기를 쓴다며, 친구로부터 받은 책 선물이 마음에 들었다는 이야기를 꺼낸 날 문구점에 들러 그녀가 좋아할 만한 노트를 골랐다. 꽤 심혈을 기울였던 터다. 노트를 전해줄 수 있는 상황이 생길지 확신은 없었지만, 그동안 나눈 대화를 바탕으로 작은 소망을 담아낼 만한 노트를 찾았다.

그녀가 노트를 받아들던 날 우리는 둘만 아는 조그마한 상자를 만들었다. 울적함이 찾아오려 할 때, 허무함이 어깨를 짓누를 때 온 힘을 다해, 상자를 열고 노트를 펼치자 권했다. 방향을 잃었을 때 홀로 읽어볼 만한 짧은 문장을 적은 쪽지도 함께 넣었다. 겉으론 큰 관심이 없는 듯 보였지만, 쪽지에 적힌 문장을 유심히 살피는 게 느껴졌다. 자해 충동이 이성을 잠식하기 전에 의식적으로 노트를 펼치는 게 중요했다. 본인 말고는 아무도 읽을 일이 없으니 튀어나오는 말을 마음껏 써보자 했다. 그녀는 그래보겠노라 짧게 대답해주었다.

나는 수술 후 건강 회복을 위해 다니던 직장을 그만둔 상황이었다. 흘러넘칠 만큼 많은 시간이 주어졌다. 시간제로 잠시 상담을 나가는 것 외에는 달리 할 일이 없었다. 내 앞에도 그녀처럼 노트 한 권과 볼펜 몇 자루가 놓였다. 쏟아낼 게 무수한데 어디서부터 써야 할지 순서를 알 수 없었다. 그녀에게 권한 것처럼 나 또한 아무 말이나 써나가면 된다며 펜을 잡았다. 분명 생각은 A에 머물러 있는데, 펜을 따라 써진 글은 B였다. C도 나왔다가 D도 나타났다. 자유연상을 하듯 줄줄 단어를 따라 문장을 이어갔다. 분명 그녀도 그랬으리라. 우리는 같은 시간을 걷고 있었다. 극과 극의 길 위에서.

살려달라 애타게 울부짖은 노트 안에는 아이들에게 남겨주고 싶은 엄마의 이야기, 남편한테 하고 싶던 말, 지난 커리어를 돌아보며 느끼는 안타까움과 아쉬움이 차곡히 쌓였다. 이제는 보고 싶어도 볼 수 없는 친정엄마에 대한 그리움과 잊고 지냈던 가족들과의 추억, 그리고 아픔들이 앞뒤 없이 쓰여 갔다. 인생의 막다른 순간에 이르렀을지도 모른다 생각하니 툭툭 할 말이 쏟아졌다. 미사여구는 전혀 필요 없었다. 마주친 지난 세월에 울고, 웃고 손이 저릴 때까지 써 내려갔다.

그러는 사이 어느덧 고요함이 찾아왔다. 두려움이 아예 없어진 건 아니었으나 그것은 이제 나를 잡아먹을 듯 횡포를 부리지 않았다. 오늘의 내가 할 수 있는 일, 오늘의 내가 집중할 수 있는 일에 마음을 투자하자 결론이 날 때까지 펜은 부지런을 떨었다. 그제야 새로운 시간이 열렸다.

노트를 건넨 지 한 달쯤 지나 그녀는 처음으로 내게 '한번 살아보는 것도 괜찮을 것 같다'라며 수줍은 말을 전했다. 자해 횟수가 눈에 띄게 줄었다. 어머니는 드디어

안도의 숨을 쉬었다. 그녀는 내게 자신이 적은 글을 보여주고 싶다 했다. 노트에는 어둠 속 한 줄기 빛에 기대고픈 여린 희망의 문장이 마치 노랫말처럼 적혀 있었다.

여전히 무망감에 시달리고, 수시로 외롭고 추운 길을 걸을지도 모르지만 에너지의 방향이 미약하나마 전환되는 지점을 만났음을 확인할 수 있었다. 새로이 써질 그녀의 서사가 나의 일처럼 반가웠다. 그녀도 편안하게 웃었다. 환하게 미소 지을 수 있는 고운 힘이 자신 안에 있다는 것을 그녀는 글을 통해 저항 없이 보여주었다.

장대비가 쏟아지는 여름 저녁. 창밖을 내다보고 있자니 문득 그녀가 떠오른다. 그녀는 지금도 그 노트를 간직하고 있을까. 우리는 늘 아름다운 햇빛이 비치는 밝은 날을 꿈꾸지만, 비가 충분히 내리지 않으면 금방 땅이 메말라 버린다는 걸 알고 있다. 쏟아지는 빗줄기가 차갑고 매섭지만, 때로는 끝이 보이지 않을 만큼 거칠게 내려주는 비가 있어야만 삶의 구석진 곳이 재건될 수 있다는 것을. 고개를 숙였던 꽃이 머리를 들고, 말라가던 열매가 아물고, 쩍쩍 갈라지던 대지가 촉촉하게 되살아남이다.

쏟아내고 싶은 말을 속으로 꾹꾹 눌러 담지 않았으면

좋겠다. 그 말이 화살이 되어 자신을 찌르도록 내버려 두지 않았으면 좋겠다. 시원하게 내려주는 비처럼 숨겨왔던 이야기를 마구 흘려보내었으면 한다. 마음의 소나기를 안전하게 담아 둘 노트 한 권만 있다면 꽤 괜찮지 않은가. 자신의 손으로 써 내려간 글은 스스로 어둠의 나락에 빠지는 꼴을 그대로 보고 있지 않을 것이기 때문이다. 새로운 서사를 펼칠 소박한 노트 한 권과 볼펜 한 자루가 언제든 우리 앞에 놓여 있기를.

어느 글쓰기

'없는 존재'가 될 수 있다는 극심한 두려움은 아무 목적 없이 펜을 들게 했다. 폐암 수술을 마치자마자 뇌전이 여부를 추적해야 했던 늦은 여름부터 겨울 사이 어느 무렵. 무언가 써 내려가지 않고서는 하루를 넘길 수 없었다. 무엇이라도 쓰지 않으면 엄습하는 불안 덩어리에 곧 치일 것만 같았다. 첫 아이를 낳고 경황이 없이 헤매던 초보 엄마의 고군분투가 담긴 옛일기장과는 차원이 다른 이야기였다.

처절하고, 매정했던 계절과 계절 어느 사이. 눈앞엔 지금 당장 나락으로 떨어질 것 같은 검은 틈만 존재하는 듯했다. 갈피를 잡을 수 없는 글자들을 연이어 뱉어냈다. 빽빽하게 들어찬 문장들이 조금이나마 위안을 전해주는 듯했지만, 매일 밤 벼랑 끝에 서서 끝이 보이지 않는 바닥을 더듬기만 할 뿐이었다.

21년 가을 건강 검진을 통해 폐 결절이 우연히 발견됐다. 그때까지만 해도 그리 심각하지는 않았다. 무섭긴 했지만, 요즘처럼 의술이 좋은 시절 어떻게든 잘 치료가 되겠거니 믿었다. 결과적으로 암이라는 걸 알게 되었을 때 오히려 정체를 제대로 알게 되어서 다행이라 여겼다. 1기 초기 암을 일찍 발견했다니 얼마나 축복받은 일인가. 게다가 항암 치료를 하지 않고 수술 후 정기 검진만 받으면 된다는 결말은 바라고 바라던 최상의 시나리오였다.

하지만 기쁨을 누리는 건 아주 잠깐 허락된 행복이었다. 퇴원을 앞두고 촬영한 뇌 MRI에서 이상 소견이 발견된 것이다. 뇌 전이가 의심되는 순간 상황이 급격하게 바뀌었다. 전이가 맞을 경우, 폐의 암과 관계없이 4기가 된다는 걸 알고 난 이후, 절망이라는 단어 말고는 마땅히 떠오르는 말이 없었다. 그때부터 찾아온 두려움과 공포는 잠시 쉴 틈도 없이 시커먼 팔을 휘저었다.

정신을 똑바로 차리고 전이 여부를 정확하게 확인해야 했다. 퇴원하기 전부터 내로라할 대형 병원을 검색하고, 예약 일정을 잡았다. 짙은 어둠이 깊고 무서웠지만 이제

막 회복을 시작한 폐 건강을 위해 부지런히 몸을 움직였다. 아이들은 어렸고, 엄마는 무슨 일이 있어도 굳게 마음을 먹어야 하는 존재였다. 하지만 뜻하지 않게 찾아오는 두려움의 늪을 건너기란 그저 말처럼 쉬운 일이 아니었다.

회복이 채 되기도 전에 예약한 일정에 맞춰 뇌종양 전문의를 찾아다녔다. 코로나19가 한창인 데다 아이들이 아직 어려서 남편과 동행할 수 없었기에 홀로 운전대를 잡고 타들어 가는 마음을 다독여야 했다. 퇴원 전 촬영한 영상에서 전이가 의심된다는 소견은 크게 다르지 않았다. 명의가 있다는 큰 병원에서 추적 관찰을 하는 걸로 최종결정을 한 이후 다음 촬영이 있을 때까지 숨죽이며 시간을 보냈다.

밑바닥을 헤매는 감정의 조각들이 차곡차곡 단어로, 문장으로 채워졌다. '살려주세요, 아이들을 하루만이라도 더 볼 수 있게 해 주세요. 왜 저에게 이런 시련을 주시는 거죠. 제가 무슨 잘못을 했나요.' 밑도 끝도 없는 매달림과 실체 없는 울부짖음의 언어들이 아무렇게나 나뒹굴었다. 빨대로 후 불면 제멋대로 생기는 거품같이 부푸는 죽음에의 공포. 아무리 깎아내도 무성하게 자라는 잔디처럼 질기고 억센 감정의 소용돌이가 일었다. 그것은 도저히 쓰지 않고서는, 내뱉지 않고서는 떨쳐낼 수 없는 그림자와 같았다.

상담자. 아프고 지친 이들이 앞으로 걸어 나갈 수 있도록 돕는 자. 얽혀버린 마음속 이야기를 함께 풀어나가는 자. 15년 가까이 해왔던 일이, 나의 껍데기가 철저하게 무너지는 시간이었다. 과연 죽음 앞에 초연할 수 있는 사람이 얼마나 될까. 정말 있기나 할까. 아직 아무 일도 벌어지지 않았건만, 나는 마치 죽음을 바로 목전에 둔 사람처럼 벌벌 떨고만 있었다. 안부를 묻는 이들에게 겉으론 '괜찮아' 웃었지만, 속으론 '미칠 듯 무서워' 울음을 삼켰다. 외롭고 외로웠던 밤이 깊어만 갔다. 다음 촬영까지 기다리는 시간이 왜 그렇게 길고도 멀게만 느껴지던지.

그런데 왜 하필 나는 펜을 잡은 것일까. 그 많고 많은 일 중에 왜. 오후 햇살이 드리운 식탁에 홀로 앉아 다 식어버린 보리차를 물끄러미 바라보며 일기인지 낙서인지 모를 글들을 써 내려갔다. 극한 어둠 앞에 서니 어떤 이에게도 연약한 얼굴을 보여주고 싶지 않았다. 무엇이든 발자취 하나 더 남겨보려는 발악처럼 아무도 없는 시간

나만의 쓰기 의식이 시작됐다.

오로지 혼자 보는 글이다. 살에 닿는 햇빛은 이만큼이나 따뜻하고 아름다운데 서늘한 가슴으로 본 하늘은 차갑기만 했다. 소리 없이 따뜻한 품을 내어주는 오후 햇살에 안겨 남몰래 노트 위로 눈물을 떨궜다.

아이들이 학교에서 돌아오면 간식을 만들고, 보드게임도 하고, 같이 텔레비전을 보며 웃고 떠들었지만, 옆에 있어도 사무치게 그리운 느낌에 수시로 울컥했던 게 사실이다. 있는 힘껏 눈물을 참았다가 혼자 있는 시간에 마구 쏟아내곤 했다. 혹여나 나중에 엄마라는 사람이 사라지면 이 노트를 남편이, 아이들이 보게 될 터인데, 첫째와 둘째 이름을 적어 놓고 편지를 쓰기도 하고, 남편에게 당부의 말을 쓰기도 하고, 하늘에 계신 엄마께 살려달라는 글을 쓰기도 했다.

현재의 괴로움을 마구 쏟아내고 나니 잊고 있던 지난 시간이 줄줄이 소시지 엮이듯 따라 나왔다. 자꾸만 터져 나오는 이야기들이 뒤엉켜 점점 머리가 복잡해졌다. 연세가 지긋하신 어르신들이 말하고, 또 말해도 끝이 나질 않는 네버엔딩 스토리처럼, 펜보다 빠른 속도로 생각이 지나가는 탓에 다 주워 담지 못할 정도였다. 자기만 아는 슬픔, 홀로 느끼는 고통.

그동안 상담 시간에 만나는 내담자들이 그러했다. 삶의 어느 한 구간에 머물러 앞으로 나아가지도 못하고, 뒤로 물러서지도 못하는 상태에 있는 이들이 상담 센터를 찾았다. 그들은 반복되는 감정과 여러 어려운 상황으로 고통받고 있었다. 오롯이 자신이 용기 내 수용해야 할 것임을 알면서도 모른 척 외면했다. 그러다가 막다른 길에 이르러서야 스스로 상처를 깊게 만들고 있었다는 걸 인정해야만 했다. 그것은 피하지 않고 마주 봐야 하는 것들이자 자기 손으로 풀어내야 하는 삶의 응어리들이었다.

처음엔 원망스럽고 억울한 심정이 가득했다. 아쉽고, 슬프고, 애달프고, 움츠러들었다. 누군가 탓하고 싶었지만 탓할 대상이 없었다. 아무렇게나 펀치를 날리는 주먹을 있는 그대로 받아주는 샌드백처럼 노트 한 권만이 묵묵하게 나의 속마음을 들어주었다. 마음껏 쏟아내라, 후회 없이 뱉어라. 언제 어디서 펼쳐도 노트는 똑같은 얼굴로 나를 품어주었다. 강력했다. 마구 솟구치는 이야깃거리가 있음에 놀랐다. 써도 써도 쏟아낼 게 나타났다. 무의식의 바다에서 건져낼 이야깃거리들이 이만큼이나 판을 치고 있다니. 저 밑바닥까지 가서야 이제야 나를 제대로 쳐다보게 된 건가.

여태껏 상담을 공부하며 머리로 이론으로 누군가의 삶을 재단해왔던 일들에 부끄러움이 느껴졌다. 처음에는 요동쳤던 마음도 점차 평온을 찾아갔다. 돌이켜보면 원망과 억울함은 잠깐이었을 뿐, 쓰면 쓸수록 지금껏 숨 쉬게 해 준 빛나는 순간들과 따뜻했던 장면들과 소중한 이야기들로 채워지고 있었다. 그 어느 때보다 솔직한 고백이었다.

어느 우연한 계기로 시작된 글쓰기는 이제 취미를 떠나 삶의 일부로 자리 잡아가고 있다. 글로써 자신의 이야기를 풀어 갈 또 다른 통로가 생긴 것이 감사하고 반갑다. 쓰기의 행위는 적어도 나에겐 나로서 살아가는 도구가 되었다. 그 어떤 행위보다 강력한 치유의 힘이 있음을 믿는다. 오늘도 내가 펜을 드는 이유다.

문장의 방향

✿

종일 바삐 돌아가던 일상에 빈틈이 생겼다. 생긴 정도가 아니라 구멍이 뻥 뚫린 듯 여유 시간이 주어진 거다. 그동안 학교에, 학위 논문에, 직장에, 육아에, 오롯이 쉬어본 적이 있었던가. 아무것도 하지 않아도 되는 시간이 있는 것 자체가 새로웠다.

지친 눈으로 화장하지 않아도 됐고, 전날 씻어놓지 못했던 설거지 더미를 보며 스트레스를 받지 않아도 됐다. 유치원에 보내야 할 준비물을 제때 챙기지 못해 당황스러운 아침 또한 사라졌다. 날짜에 맞춰 정기 검진을 받으러 가는 것 외에 별다르게 할 일이 없는 하루는 꽤 만족스러웠다. 하교 후 엄마가 집에서 반겨주는 오후는 아이들에게도 큰 기쁨이었다.

하나 달라진 것이 있다면 전에 없던 건강염려증이 생긴 것. 단어 그대로 과하게 건강을 걱정하고 신경 쓰는 일이 늘었다. 평소와 다를 바 없는 피로감, 가벼운 두통 등 몸의 작은 변화 하나에도 민감하게 반응했다. 통상적인 수술의 후유증일 텐데 왼쪽 등 주위에서 미세하게 느껴지는 감각 하나 그냥 지나치지 못하고 종일 사이렌을 울려댔다. 병원을 바로 가봐야 하는 건 아닌지 걱정에 걱정을 덧붙였다.

가장 고통스러웠던 건 뇌 전이를 상상하는 것이었다. 인지 기능을 상실한 자신을 떠올려보는 건 몸서리치게 끔찍한 일이다. 그럴 때면 악성뇌종양으로 먼저 떠난 큰언니의 마지막 모습이 눈에 겹쳐 잠을 이룰 수 없었다. 머리에 둥지를 튼 지독한 존재들은 팔과 다리를 시작으로 온몸의 기능을 하나씩 빼앗아 갔다. 언니와 같은 병일 확률이 거의 없다는 소견을 들었음에도 거친 상상의 꼬리를 자르기는 쉽지 않았다.

종일 집에 있으면서 쓸데없는 검색을 하는 시간이 늘었다. 병과 직접적인 관계가 없는 내용까지 찾아보며 자신을 괴롭혔다. 폐암 그리고 뇌 전이 정보를 얻기 위해 카페부터 뉴스, 블로그 등, 틈이 나는 대로 검색에 빠져

들었다. 카페에 올라온 사연들이 모두 다 나의 이야기인 것 같았다. 누구는 치료가 잘 되었다는데, 누구는 얼마 살지 못하고 하늘로 떠났다는데, 마치 그 주인공이 나일 거라고 착각하곤 했다.

말도 안 되는 상상의 나래가 펼쳐진 이후 휑한 무대에 홀로 앉아 부스러기 감정을 쓸어 담고 있으려니 '아, 이러다 우울증이 오겠구나' 싶었다. 찾아온 슬픔과 두려움이 주인이 되려는 순간, 마음에 안개가 끼는 구간이 많아짐을 느낄 수 있었다. 곧 얼마 지나지 않아 길을 잃어버릴 것 같았다. 그러는 사이에 불안의 불씨는 시도 때도 없이 아무렇게나 불을 질렀다. 분명 그것은 과한 상상에 불과하다는 걸 철저하게 알고 있었지만, 오작동하는 생각에 수시로 당하기 일쑤였다.

살아가면서 경험하는 대부분의 걱정거리의 속내는 실상 실체가 그리 크지 않다. 이미 일어난 일이거나, 아직 확인되지 않은 일, 혹여나 일어났더라도 지금 당장 어떻게 할 수 없는 일, 아니면 도저히 일어나기 불가능한 일들이 제멋대로 활개를 펼친다. 걱정이라는 녀석은 관심을 기울이면 기울일수록 세포가 빠르게 분열하듯 자리를 잡아간다. 실제 우리가 다루어야 할 걱정은 100% 중에 채 10분의 1도 차지하지 않는 비율일 테다. 그런데 그 작은 불씨는 자칫 방심하는 사이 어마어마하게 불길을 키워나간다. 오죽하면 '걱정해서 걱정이 없어지면 걱정거리가 없겠네'라는 우스갯소리가 있겠는가. 상상의 꼬리를 되감아 보면 지금 울고불고 해봤자 아무것도 달라질 게 없다는 것이 현실이다.

현실로 돌아오는 연습이 절실히 필요했다. 지금 눈에 보이는 일이 무엇인지, 오늘의 내가 즐겁게 할 수 있는 것이 무엇인지 확인하는 일 말이다. 그건 단순히 생각을 억압하거나, 회피의 방법으로는 통하지 않는 일이다. 어떤 방법이 좋을까. 거실을 닦고, 그릇을 정리하고, 차를 마셔봐도 잠시뿐, 걱정 불씨는 큰 손바닥을 펼쳐 뒷덜미를 자꾸 잡아채고 있었다.

힘든 마음을 증폭시키는 길을 향할 것인가, 아니면 잘 달랜 후 제자리로 돌아올 것인가. 사정없이 올라오는 감정에 허우적거리다 보면 덫에 걸려 깊이를 알 수 없는 늪에 빠지게 된다. 허공에 팔다리를 흔들다 결국 앞이 보이지 않는 구렁텅이 속에 있게 되는 것이다. 꽁꽁 자취를 감추었던 약한 마음이 고개를 든다. 그런 와중 글쓰기 작업은 걱정이 만들어내는 잔가지를 끊어내고, 파국으로 향하는 생각의 열차를 현실 세계로 당겨와 주는 역할을 톡톡히 해냈다. 생각은 아무렇게나 자리에 퍼질러 앉으려 했으나 문장은 그리 쉽게 무너지지 않았다.

그토록 원했던 휴식이 주어지지 않았는가. 주어진 시간을 이대로 보낼 수 없었다. 나의 펜은 어두운 생각 조각이 자기 마음대로 활약을 펼치는 꼴을 두고만 보지 않았다. '기왕 이렇게 쉬게 된 김에 재미있게 채워보자, 오늘 하루 주어진 시간을 감사하게 보내자' 주문 아닌 주문이 노트에 적히기 시작했다.

어느 정도 적다 보니 글자로 끝을 내는 게 아니라 입 밖으로 문장을 직접 읽으며 외치는 소리와 함께 마침표를 찍는 날이 많아졌다. 암세포들이 스트레스를 좋아한다던데 스스로 먹이를 던져줄 수 있나! 그럴 수는 없다고 되뇌었다. 두려움을 자기 손으로 키우지 말자 수없이 다짐했다.

그러는 사이 글의 방향은 꽤 다른 곳을 안내하고 있었다. 불편한 마음을 담담하게 마주하고 달래는 글쓰기는 자연스레 '벗어남'의 길을 향했다. 쓰기는 오히려 불편함, 힘듦, 걱정과 불안의 실상이 무엇인지 들여다볼 수 있도록 말없이 도왔다. 그 안에 숨겨진 의미가 어떤 것인지,

토해내고 싶은 게 무엇인지 천천히 접촉할 수 있도록 말이다.

시간은 빠르게 흘러 한 해를 마무리하는 날을 맞이했다. 반년이 순식간에 지났다. 무수한 글자가 쌓였다. 무작정 '살려주세요!' 했던 바람은 이제 '어떻게 살 것인가?' 물음표로 바뀌어 있었다. 무엇을 얻을 것인가 궁리하기보다, 무엇을 나눌 수 있을 것인가 대답할 수 있는 삶을 살아내기를 간절히 소망했던 시간이다. 돌이켜보면 모든 것이 감사한 일들 뿐이었다. 사랑스러운 두 아이가 눈앞에 해맑게 웃고 있고, 성실한 남편이 늘 옆을 지키고 있다. 퇴사라는 결단을 내린 후 적잖이 요동치는 마음을 만났지만, 여태껏 무엇을 원했고 하고 싶었는지 초심자로 돌아가 생각해보는 귀한 시간을 선물 받았다.

수술 이후 반년에 걸쳐 총 세 차례의 추적검사를 한 결과, 뇌 전이는 없는 것으로 최종 확인되었다. 초록 나무가 한창 아름다울 봄에 닥친 시련은 낙엽을 떨구고 새로운 삶을 도약하기 위해 한 걸음 자세를 낮춘 겨울이 시작되면서 떠나갔다. 고통은 시간이 지나면 자연스레 아물어진다는 걸 새삼 확인한다. 하늘에서 엄마와 언니가 지켜주고 있으리라. 어떻게 살아갈지 갈구했던 물음표 그대로, 첫 마음 그대로 실천하며 살아갈 수 있도록 기회를 주신 것 같다. 가슴을 비벼 누르는 듯한 뇌종양 센터의 무거운 공기가 온데간데없이 코끝에서 사라졌다.

인생의 지분을 지나간 시간에 두지 않기로 한다. 우리의 생은 완전무결함보다 어딘가 어설프고, 아픈 구석이 있기에 그것을 보듬어가는 과정이 아름답지 않을까. 새로운 마음으로 새날의 문을 활짝 열어젖혔다. 나의 노트 또한 새로운 국면을 맞이했다.

나의 펜은 어떤 길을 걷게 할 것인가.

고독을 품는 자

✿

지정석을 만들었다. 펜과 종이 그리고 노트북. 빠질 수 없는 커피 한 잔. 집에서 일명 북카페라 불리는 공간이다. 6인용 우드세라믹 테이블에는 보드게임 카드부터 시작해 딱풀, 연필깎이, 붓, 색연필 등, 두 아이의 학용품이 3분의 2를 차지한다. 네 가지 다른 색깔의 의자 중 붉은 자줏빛을 띤 가을 립스틱 같은 의자가 놓인 곳이 바로 나의 자리이다.

매일 아침 지정석에 앉아 남색 노트북을 연다. 버튼 하나만 누르면 또 다른 세상으로 접속이다. 왼쪽에는 커피 머신이 있어 언제든 따뜻한 커피가 리필 가능하고, 오른쪽으로 눈을 돌리면 옆집 공터에 무성하게 자란 초록 나무를 실컷 감상할 수 있다. 아침부터 해가 질 때까지 가장 오랜 시간을 보내는 장소가 이곳 북카페 책상이다.

언제부턴가 초록 마당을 꿈꿨다. 코로나19가 한창 기승을 부릴 무렵부터다. 아파트 근처 화원에 들러 화분을 하나씩 들이던 작은 손길이 모여 베란다 화단을 만들었다. 지친 몸을 이끌고 병원에 검진을 받고 와서도 빨강, 분홍, 노랑 꽃잎을 보고 앉아있노라면 위로를 받는 느낌이었다.

삶이 꺼져가는 건 아닐지 겁이 났음에도 희망은 떠나지 않고 옆을 지켜주었다. 추적검사는 현재진행형이었지만 남편과 나는 땅을 매매하여 집을 짓기로 과감한 결정을 내렸다. 저질렀다는 표현이 맞다. 순식간에 일이 벌어졌다. 보이지 않는 이끄는 손이라도 있었던 걸까. 마르지 않은 도장 자국을 바라보며 우리는 말없이 웃기만 했다. 작은 마당을 가꿀 수 있는 집, 따뜻한 햇볕이 감싸는 집, 아이들 꿈이 자라는 집. 가족들의 바람을 담아 손수 집의 구조를 그렸다.

'건강이 허락된다면', '시간이 주어진다면' 일기장 한 편에 적힌 소망이 현실이 되었다. 어릴 때부터 힘든 일이 찾아올 때면 속으로 되새기던 말이 있다. 신은 감당할 수 있는 시련만큼만 아픔을 주시는 거라고. 그 믿음은 오늘도 유효하다.

할 일 없이 서성이다가도 붉은 지정석에 앉게 되면 타닥타닥 키보드 치는 소리는 점점 바빠진다. 노트에는 수시로 메모들이 까만 글씨로 내려앉는다. 글이 엉켜 적기 어려울 땐 좋아하는 글을 필사한다. 정착된 글자들은 굴러다니는 돌멩이처럼 때로는 보물처럼 느껴지기도 했다. 검은 딱지가 가득 찬 창고를 매일같이 끼고 앉아 상념을 즐기는 시간이 많아졌다. 엉덩이가 아프다 싶으면 잠시 마당에 나가 큰 숨을 내쉰다. 잡다한 생각을 잠시 내려놓고 여러 종류의 초록 잎사귀, 꽃, 잔디 속 움직이는 이름 모를 생명체들을 보고 있노라면 절로 미소가 났다.

종일 북적거리던 사무실과는 달라도 너무 다른 풍경이었다. 문득 누군가에게 전화해 수다로 털어내고픈 일이 떠올랐지만, 휴대전화를 들다가 말고는 다시 노트를 꺼내 하고픈 말을 글로 옮겼다. 조금은 외롭게 느껴지는 시간이다. 껌뻑이는 내 두 눈과 깜빡이는 커서만이 말 없는 대화를 나눈다.

고독을 얻기 위해 '겸허한 거절'을 선택한 순간이다. 존 피치와 맥스 프렌델은 〈이토록 멋진 휴식〉이라는 책에서 고독의 시간을 다음과 같이 표현했다. "정신의 후미진 골목이야말로 우리가 용기를 내어 들어갔을 때 창의적인 금맥을 발견할 수 있는 것이다." 그들의 말을 빌리자면 북카페 테이블에 앉아있는 시간은 정신의 후미진 골목을 제 발로 걸어 들어가는 시간이다. 어떤 약속도, 전화도, 모임도 잠시 뒤로 하고 말이다. 책의 저자는 우리가 도구에 의존하면 할수록 의식은 무뎌진다 염려했다. 적어도 나에겐 이 자리에 앉아있을 때만큼은 의식이 무뎌질까 염려하지 않아도 되는 때다. 북카페 지정석은 고독으로 걸어 들어가는 길목이자, 생생하게 살아 있는 의식을 만나게 해 주는 마법 의자가 되었다.

펜 하나를 들고 고독 속 무언가를 만나는 작업은 그 어떤 방해 없이 내면에 감추어진 감각을 되살아나게 한다. 무뎌진 감각을 되살리는 일은 책상 위에서뿐 아니라 가벼운 산책길에서 더욱 빛을 발했다. 적당한 보폭과 일정한 속도로 집 앞 공원 트랙을 걷노라면 얽혀 있던 생각 줄기가 자연스레 정리되곤 했다.

아무 생각 없이 걸을 때는 더 좋았다. 걷다 보면 자연스레 하고 싶은 이야기가 샘솟았다. 이유 없이 남기고 싶은 문장, 풍경이 던지는 질문이었다. 산들바람을 타고 찾아온 문장은 겉치레가 없어서 편했다. 불현듯 떨어진 운석처럼 단어가 떠오를 땐 집에 돌아오자마자 급히 북카페 책상에 앉아 펜을 든다. 시시각각 변하는 구름을 보거나 얼굴을 스치는 바람을 느끼는 일, 파란 하늘을 배경으로 흩날리는 나뭇잎을 보는 일은 고독했지만 외롭지는 않았노라 말할 수 있다. 어디 산책뿐인가. 고독 속으로 향하는 길은 늦은 밤 작은 일기장으로도 충분했다.

안방에 새 공간을 하나 더 만들었다. 둘째가 쓰던 낡은 책상을 버리려다 말고 침대 옆으로 붙여 작은 서재를 만들었다. 어디 서재가 따로 있나. 책 몇 권에 어둠을 밝혀줄 스탠드 하나 올려두니 제법 분위기가 괜찮다. 잠들기 전에 일과를 돌아보는 시간. 주로 일기를 쓰는 공간. 줌으로 진행되는 교육을 방해 없이 듣기에도 안성맞춤이다. 낮이건 밤이건 원할 때마다 어디서건 쓰는 것이 가능해졌다.

깊은 밤이 주는 고독의 무게와 질감은 북카페에서 경험하는 그것과는 또 달랐다. 일기장을 펼쳐 오늘은 이러저러했다, 좋았다, 힘들었다 사춘기 소녀처럼 소소한 기록을 남기기도 하고, 눈물 한 방울 묻혀가며 끝이 보이지 않는 우주 한가운데를 서성이기도 했다. 일정량의 고독은 후미진 골목에서 네온사인 반짝이는 거리, 소담스럽게 핀 능소화가 보이는 담장, 막다른 벽에 이르기까지 종횡무진 무한한 발걸음을 옮기도록 숨을 불어넣어 주었다.

문장을 따라 과거와 현재, 미래를 넘나들며 인생의 여러 갈래를 거니는 시간이 흡족하다. 짙게 깔린 어둠 탓일까. 늦은 밤에 찾아온 이야깃거리는 왠지 모르게 더욱 그립고 절실한 느낌이 든다. 조용하게 읊조리는 마음이 밤의 숨결을 따라 어딘가에 닿을 것만 같다.

낭만의 시간을 보내고 이불 속으로 들어가기 전에는 내일 할 일을 한 번씩 적어보며 의지를 다지는 시간을 갖는다. 별다른 일 없이 스탠드 불을 켜고 멍하니 앉아있는 것만으로도 차분해지는 분위기다. 잔잔하게 내려앉은 공기를 달래줄 노래가 있으면 한층 더 보드라워진다. 남편 또한 다른 소리 없이 공유하는 시간. 각자의 고독을 품어보는 밤이다.

글을 쓸 수 있는 나만의 공간을 만들면서 고독의 의미를 새롭게 받아들일 수 있게 되었다. 고독이라는 단어가 주는 무게와 달리, 고독 속에는 빛나는 작은 틈이 숨어있었음을. 그 틈이 삶의 숨통을 틔울 다른 공기가 되어 준다는 걸 그제야 알게 됐다. 어디서도 내뱉지 못한 숨을 쉬는 공간. 정확하게 몸의 어떤 경로를 통해 정화되는지 알 수 없으나 큰 숨을 후 불기만 해도 시원해지는 곳임은 틀림없다.

달리 표현해보자면, 고독은 삶의 완충지대다. 고독을 그저 말없이 가만히 들여다보고 제대로 쳐다보기만 하면 된다니 얼마나 좋은 일인가. 집에서 제일 편안한 공간에 홀로 앉아 고요함을 글로 품어본다. 마음껏 고독을 품어낸 만큼 생겨난 여유로 인해 오늘에 충실할 수 있음이다. 뭐라도 적어볼 수 있는 아늑한 공간이 있어서 감사하다.

쓰기 여행

❀

이십 대엔 힘든 일이 있거나 뒷걸음을 치고 싶을 때 종종 어디론가 여행을 떠나고 싶은 욕구가 컸다. 마땅한 방법을 찾기 어려워 어디든 도망쳤다가 돌아오면 해결이 되지 않을까 막연한 기대를 하곤 했던 것 같다. 철썩이는 파도 소리에 무거운 심정을 흘려보내면 조금이라도 나아지려나. 퇴근길 덜컹거리는 시내버스에 몸을 싣고 있어도 멀리 떠나는 상상을 하면 피로가 조금은 풀리는 것 같았다. 적당히 한적한 카페, 어떤 시선도 부담스럽지 않은 곳이라면 한없이 흔들리는 마음이 조금이라도 괜찮아짐을 느꼈다.

아무런 방해 없이 홀로 앉아있을 장면을 상상해보는 것 자체만으로 위로가 되었던 걸 보면 여행의 효과가 꽤 컸던가 보다. 친구와 일정을 맞춰 여행 계획을 세워보는 일 또한 그 나름으로 위안이 되었다. 하지만 일상이 부대낄 때마다 즉흥적으로 떠날 수는 없었기에 답답함과 가고 싶은 장소들이 쌓여갔다.

스물넷쯤 되었을까. 문득 혼자 배낭을 챙겨 2박 3일 남해로 향했다. 목적지를 왜 남해로 정했는지는 기억나지 않는다. 훈풍이 부는 5월의 남해는 이제 막 사회에 발을 딛고 헤매는 초짜를 다독거리기에 훌륭한 여행지였다. 짙은 초록의 마늘밭과 짠 내 머금은 바닷바람, 분주함이라곤 찾아볼 수 없던 시골 마을의 넉넉함. 걸릴 것 하나 없는 맑은 공기에 절로 정화됨을 느꼈다.

그래서인지 지금도 남해를 방문할 때면 푸릇했던 20대의 잔상과 아련함이 함께 밀려든다. 낯선 여행지의 한적함은 사회 초년생의 버거움을 덜어주고 출렁거리는 마음을 잠재워주었다. 이후로도 아주 가끔 혼자서 가방을 꾸리는 날이 생겼다. 잠깐이라도 큰 숨을 쉬고 싶을 때면 여행 가방을 꺼냈다. 자연은 늘 정직한 모습 그대로 지쳐있던 작은 존재를 품어주었다.

전라남도 여수 향일암에 올랐을 때가 잊히지 않는다. 큰 배낭을 메고 터미널에서 시내버스에 몸을 실었다. 향일암 입구에는 갓김치를 내세운 식당들이 인상적이었고, 단체 여행객들이 분주히 움직이고 있었다. 향일암이 위치한 정상에 오르려면 꽤 높은 계단을 걸어 올라가야만 했다.

여길 왜 힘들게 왔을까, 거추장스러운 가방을 그만 던져버리고 싶을 때 드디어 정상에 도착했다. 시퍼런 바다가 시야에 가득 찼다. 언제 다리가 아팠나. 당황스럽게도 아무 돌덩이에 주저앉아 눈물부터 펑펑 쏟아내고 말았다. 무슨 생각으로 울음을 터뜨렸는지, 어떤 감정을 마주쳤는지 기록하지 않아 세세하게 기억나진 않지만, 바다를 한참 내려다보며 뜨거운 바람을 맞았던 뺨의 감각은 아스라이 남아 있다. 그날의 알 수 없는 시원함은 꽤 긴 시간 동안 현실의 내가 흔들리지 않도록 살아가게 해주는 자양분이 되었다.

사람들은 지쳤거나 힘에 부칠 때 여행을 꿈꾼다. 특히 마음이 혼란스러울 때 떠났던 여행지에서의 달콤한 휴식은 두고두고 긍정적인 자원으로 작용한다. 그저 숨고 싶음이든, 쉬고 싶음이든 현재의 자리를 잠시 떠나봄으로써 고갈되어 가던 에너지를 충전한다. 지금까지와는 다른 공간에 머무르며 한 발짝 떨어진 채 자신을 만난다.

특별하게 무언가를 하지 않더라도 짧은 휴식이 편안함과 여유로움을 선물해준다.

그러나 현실로 다시 돌아가야 함을 잘 알기에 매번 아쉽고 아쉬운 여행길이다. 쉽게 시간을 내어 마음대로 떠날 수 있는 여행이 아니기에 우리는 일상 속에서 마치 멀리 떠나온 것처럼 회복을 추구하는 노력을 기울인다. 맛있는 음식, 좋아하는 사람들과의 만남, 차 한 잔의 여유, 마음을 울리는 음악, 아늑한 쉼이 있는 곳을 어디든 찾아 나선다. 도심 속 아름다운 카페들이 늘어나는 이유이기도 하다.

굳이 멀리 떠나지 않아도 조금만 몸을 움직이면 도심 가까이 만날 수 있는 멋진 풍경들이 있어서 감사하다. 오롯이 눈과 가슴에 담아두기만 해도 충만해지는 것 같다. 마음을 나눌 사람과 함께라면 더할 나위 없이 기쁘고 즐거운 휴식의 공간으로 변모한다. 환기, 혹은 정화. 어느 표현이라도 좋다. 하지만 순간의 즐거움이 걷히고 나면 오롯이 나의 것이 남게 된다. 고운 망으로 걸러 낸 가루처럼 밑으로 가라앉아 다시 쓸어내어야 하는 앙금이 되는 것이다. 아무리 웃고 떠들어도, 아무리 맛있는 음식을 먹더라도 혼자 감내해야 하는 마음은 아주 작은 모래알이 되어 남아 있다. 홀로 들고 있기 무거워 누군가 만나 덜어내 봤지만, 종래에는 조용히 주워 담는 시간이 필요하다.

그건 아무리 훌륭한 여행이라도 마찬가지였다. 떠나고 싶어 훌쩍 떠났지만, 결과적으론 다시 정리해야 할 마음의 흔적들은 여전히 남아 있었다. 여행지에서 매끄럽게 생각을 다듬었다 하더라도 그건 잠시일 뿐, 새로운 어려움이 언제든 나타날 수 있는 게 우리네 인생이다.

공간의 이동은 침잠하던 공기를 한껏 바꾸어주었으나 자신의 속에 들어있는 찌꺼기까지 모두 다 걷어내 주진 못했다. 벗어나고 싶은 충동을 가져온 것이 무엇 때문인지, 어떤 연유로 지치게 되었는지, 어떻게 하면 밑으로 가라앉기만 하는 마음을 달래어 줄 수 있을 것인지.

가방이 아닌 마음속에 들어있던 묵은 짐을 꺼내어 차근차근 살펴봐야 했다. 이때 필요한 건 홀로 매만질 약간의 시간이다.

혼자 떠나 본 첫 여행 이후 20여 년이 지난 지금은 알고 있다. 삭히고, 누르고, 피하는 건 되려 상처를 더 곪게 한다는 것을. 오히려 드러내 적힐 때 비로소 정체가 분명해진다는 것을. 굳이 멀리 떠나지 않더라도, 굳이 힘들게 찾아가지 않더라도 누릴 수 있는 쉼의 시간이 있다는 걸 말이다.

눈을 감고 크게 들이쉬는 호흡을 따라 마음 안으로 여행을 떠나보면 여러 목적지에 자연스레 발이 닿는다. 산 중턱에 걸린 구름처럼 한참 머물러 구석구석 둘러본다. 새로운 여행지에서 만난 풍경이 말을 걸어온다. 같은 장소도 때에 따라 새롭게 느껴지듯이 마음속 여행지가 들려주는 이야기 또한 매번 달라질 수밖에 없다. 그때의 나와 지금의 내가 달라진 건 크게 없다. 마음의 풍경을 해석하는 눈이 달라져 있을 뿐. 자기 스스로 세상에 부여했던 의미와 가치만이 달라져 있음을.

의식적으로 써내려고 의도하지 않아도 마음에 난 길을 자연스레 걷다 보면 저절로 써지는 게 생긴다. 오히려 툭 던지듯 나온 단어 하나가 건네는 메시지가 클 때가 있다. 그것으로 충분하다. 자기에게로 떠나는 여행이 수려하거나 근사할 필요 또한 없다. 내 안의 이야깃거리를 만나는 일에 무슨 장식품이 필요하겠나. 작은 휴식 공간이면 족하다. 떠오르는 대로, 마음이 가는 대로 단어와 문장을 적어본다. 그러다 보면 갈 길 잃었던 생각의 조각들이 연결되고 이정표가 어렴풋이 보인다.

떠나고 싶다고 내일 당장 아무 곳이나 갈 수 없는 게 현실이기에 '쓰기 의식'을 치를 안식처를 마련해 두는 건 꽤 은밀하고도 근사한 여행지가 된다. 집이든 카페든 차 안이든 어디든 좋다. 마음속에서 만난 단어와 문장은 숨겨두었던 암호처럼 튀어나와 신호를 보낸다. 은밀하고 근사한 여행의 기록이 반짝거리는 순간이다.

시간이 하는 일

작은 마당에 봄이 스며들었다. 겨울 동안 누렇게 삭아 퍼석거리던 잔디 얼굴에 생기가 돈다. 긴 갈퀴로 잔디를 긁어주면 새잎이 돋아나기 쉽다는 정보에 온 가족이 시골 장으로 출동했다. 3월의 첫 주말. 몇 주만 지나면 방울토마토, 가지, 고추 모종이 나올 거란 소식에 더욱 설렌다.

온갖 장비를 동원하여 마당을 정비하기 시작했다. 갈퀴 긁는 재미를 즐기는 첫째, 잡초를 삽으로 거두어 내는 남편, 그 옆에 조그마한 의자를 놓고 호미질 삼매경에 빠진 막내. 움직임 하나하나마다 그대로 멈추어 간직하고 싶은 풍경이다. 나도 손바닥이 빨간 목장갑을 끼고선 곧 완성될 텃밭에 거름을 다시 부어주었다. 햇볕이 등짝에 머물다 못해 살을 파고드는 느낌이다. 얼마 지나지 않아 곧 대단한 더위가 덮치겠구나 싶다.

불과 며칠 전까지만 해도 보이지 않던 자리에서 손톱만큼 작은 초록 싹이 돋아난 게 보였다. 수선화가 분명했다. 작년에 이식 후 꽃 한번 보지 못했던 녀석이다. 시댁에서 가져와 심었던 또 다른 무리의 수선화가 워낙 화려했기에 전혀 기대하고 있지 않았다. 초보 가드너가 거름도 제대로 주지 않고 관리도 해주지 않았건만, 모두들 있던 자리 그대로 정직하게 모습을 드러냈다.

놀라움은 그뿐이 아니었다. 작은 텃밭을 만드느라 아무렇게나 옮겨 심은 백일향 더미에서 아주 작은 초록들이 돋아난 거다. 평평하지 않은 땅에 대충 얹어놓은 듯한 모양새가 꼭 헝클어진 머리카락 같아 보인다. 손가락으로 살살 덤불을 뒤적거리니 연둣빛 작은 존재들이 흰 머리카락 반짝이듯 줄지어 나타났다. 눈에 돋보기를 단 듯 땅을 자세히 살폈다. 미처 깨닫지 못한 땅속의 생명이 조금씩 움트고 있음이 느껴졌다. 울타리 장미 가지에도 곳곳에 잎이 돋아날 자리마다 붉은색으로 변해 있다. 이 추운 겨울을 잘 버텨낼까 걱정했는데, 기우에 불과했다.

어김없이 봄이다. 두말할 나위 없이 연두 옷을 입은 싹이 여기저기서 소식을 전한다. 봄의 전령사 수선화가 잎을 내밀었으니 튤립도 조만간 만날 수 있겠지. 꽃대 채로 바싹 말랐던 국화 뿌리 위에도 잎이 돋았다. 저마다의 시간에 맞춰 마당을 꾸밀 준비를 하고 있다. 그중에서도 올해 유독 기대가 되는 건 매화다. 작년 사진을 더듬어 보니 손가락 마디만한 작은 가지가 겨우 붙어 있는 모양새다. 꽃은 보여주지 않고 잎만 무성하게 피웠더랬다. 가을엔 붉은 잎을 선물하기까지 했다. 척박했던 몸에서 잎을 피운 게 신기하기만 한데, 올해는 꽃이 피려는지 여기저기 꽃망울이 맺혔다. 그것도 아주 풍성하게. 매일 통통하게 굵어지는 모습이 어여쁠 따름이다.

그러나 심술이라도 부리는 듯 한파 뉴스가 연일 이어졌다. 윗지방에는 눈 소식도 들렸다. 불과 어제는 이상고온이라며 여름처럼 덥다고 하더니 무슨 일인가 싶다. 세탁소에 보내려 모아둔 패딩 점퍼를 다시 꺼내 등교하는 아이들에게 입혔다. 겨울이 다시 온 듯 거실 바닥이 차갑다. 보일러를 켜야 하나 잠시 고민을 해본다. 나른한 오후 햇살 맞으며 마당을 둘러보는 재미가 있었는데 오늘은 틀렸다. 잠옷 바람으로 수선화를 보러 갔다가 쌩하게 부는 바람에 화들짝 놀라 급히 들어왔다. 이 매서운 바람에 꽃들도 몸을 움츠리고 있겠지. '이제 내 세상이 왔어!' 외치며 얼굴을 보여주려던 작은 생명이 뒤로 움찔하는 날이다. 멀리서나마 그들을 훔쳐보며 애타게 봄을 기다리는 마음 담아 뜨거운 커피를 홀짝인다.

쉽게 가는 법은 없었다. 언제나 밝은 날이었으면 했지만 흐린 날이 제법 많았다. 비까지 내리는 날에는 더욱 어깨가 무거웠다. 대학생만 되면 자유롭게 시간을 즐길 줄 알았고, 직장만 구하면 하고 싶은 걸 모두 할 수 있을 줄 알았다. 결혼 후에는 알콩달콩 달콤한 신혼일 줄 알았고, 아이를 낳으면 거저 쉽게 키울 수 있을 줄 알았다. 인생의 기쁨이라 불리는 터널을 지날 때면 꼭 한 번은 매서운 바람이 불시에 들이닥쳤다. 마치 봄을 시샘하는 꽃샘추위처럼 말이다. 한겨울 추위는 거뜬하게 이겨내 놓고선 훈풍이 불고 난 뒤 찾아온 추위는 견딜 수 없이 차갑게 느껴졌다.

꽃샘추위가 한창일 무렵 시삼촌께서 야외용 테이블을 만들어주러 오셨다. 아이 키보다 조금 더 큰 소나무 한 그루와 할미꽃 더미와 함께. 소나무가 워낙 예민한 편이라 적응하는 데까지 상당한 스트레스를 받을 거라 하셨다. 혹시 죽은 것처럼 보여도 시간을 두고 지켜보라고 당부하신다. 겨울을 지나 봐야 제대로 알 수 있다고. 그 사이 시숙모는 할미꽃 심을 자리를 봐주셨다. 지금 이맘때가 할미꽃이 한창이라 알려주신다. 소나무에 당부하신 것처럼 혹여나 할미꽃이 죽었다 생각이 들더라도 바로 뽑아내지 말고 그대로 두라고 하신다.

"질부야, 끝까지 기다려봐라"

끝까지 기다리기. 기다림의 결과물을 장담할 수 없지만, 묵묵히 믿고 기다리기. 한파를 지나 조용히 기다리는 일만이 봄을 다시 만날 수 있는 길이다. 수십 번의 봄을 건너 지금에 이르렀다. 기다림 끝에 맞이하는 기쁨 그리고 불시에 마주치는 차가운 꽃샘바람의 반복. 올해도 어김없이 봄이 왔듯 앞으로도 봄은 자연스레 왔다가 또 지나갈 것이다. 조만간 노란빛을 뿜어낼 수선화, 입술이 발그레 붉어진 홍매화, 유연하게 울타리를 감싸는 장미. 계절을 따라 익어가는 시간을 만나겠지. 만약 할미꽃을 보지 못하더라도 내년을 또 기약하면 될 테니까. 쉽게 포기하지 않고, 쉽게 놓아버리지 않기로 한다. 꽃샘추위가 새

삶 반갑게 느껴지는 건 희망이라는 봄이 눈앞에 와있기 때문일 거다.

마당 안에 펼쳐진 작은 생명의 가르침을 노트에 기록한다. 있는 힘껏 자기 색을 찾아가는 초록 존재들이 들려주는 속삭임을. 매서운 바람을 견딘 후에 다시 연한 잎으로 태어나 빛을 껴안는 기쁨을. 미처 닿지 않았던 시선으로부터 배운다. 매해 봄의 숨결이 다르듯 다채로운 삶의 조각들이 어떻게 펼쳐질까 기대하는 마음을 노트에 새긴다. 쓴다는 건, 기다린다는 건, 끊임없이 용기를 내어야 하는 일일지도 모른다. 인생의 불확실성을 감내하는 일. 찬바람에 이리저리 부딪혀 가면서 문장이 쌓인다. 시간을 따라 수놓을 이야기들이 기다려지는 오늘이다.

2장

삶의 씨앗

일기라 할지라도

✿

'구김이 없어 보여요' 주위 사람들에게 가끔 이런 말을 들을 때가 있다. 세상에 어디 시련 한번 겪어보지 않고 어른이 된 사람이 있을까. 무게와 강도만 다를 뿐 저마다의 사연이 있다. 남들이 부러워하는 직장에 넉넉한 수입을 자랑하는 이들 또한 이별의 고통, 해결되지 않을 가족사, 묻어둬야 하는 외로움을 지닌 채 살아간다.

어디 멀리서 찾을 것 있겠는가. 같은 가족이라 하더라도 저마다 경험하는 삶의 방식과 인생 현장이 모두 다르기에 각자의 상처를 품고 있지 않던가. 똑같은 일을 겪었어도 마음에 새겨지는 기억의 문양이 다르다. 상담실에서 만난 다양한 삶 또한 그랬다. 호소하는 마음의 어려움은 조금씩 달랐지만, 크게 보았을 땐 누구나 경험하는 또는 경험할 수 있는 우리네 살아가는 이야기였다.

잊고 지내던 일기장을 다시 꺼낸 건 첫째 아이를 낳고서부터다. 지인들에게 우스갯소리로 '밑바닥 감정까지 다 느껴본 것 같아' 고백과 함께 늦은 밤 종종 일기를 썼다. 첫 아이를 안은 환희의 순간은 잠시. 하루에 두 시간 겨우 눈을 붙이고 우는 아이를 달래느라 쩔쩔매는 초보 엄마의 서투른 애환이 일기장에 담겼다. 젖을 제대로 물리지 못해 배고파 악다구니를 쓰는 아이를 안고 식은땀만 흘리던 밤, 이유를 알 수 없는 고열로 아파하는 아기를 보며 낫기를 빌던 밤의 이야기가 차곡차곡 쌓여갔다.

이후에도 아이의 성장은 어느 시점마다 기록으로 남아 있다. 환희와 애환이 박제된 일기장은 이제는 편안한 웃음을 선물해준다. 펜에 의지한 채로 때마다 하고 싶은 말을 쏟아내며 버티어 왔음을 새삼 깨닫는다. 식상하게 들리는 표현이지만 지나 보니 '영광의 상처'다. 영광의 기록장이 바로 일기장이다. 지금의 내가 서 있도록 해 준 보이지 않는 에너지가 일기장이라는 공간에서 드러난다.

일기를 자발적으로 처음 쓴 건 중학교 입학 후로 기억한다. 초등학교 졸업식 날 누군가에게 선물 받은 노트가 나의 첫 일기장이 되었다. 두꺼운 하드보드지에 '존재의 의미를 찾아서'라는 제목이 적힌 노트는 공교롭게도 스스로 삼류소설의 주인공일지도 모른다 여기던 청소년 시절 비밀 일기장으로 거듭났다. 바람에 바스락 낙엽이 스치기만 해도 까르르 웃을 꽃다운 나이라 했건만, 소녀의 기록장 속에는 빛바랜 눈물 자국이 꽤 묻어있다.

지적 장애가 있는 한 살 터울의 언니, 아버지와의 갈등으로 가출이 잦았던 큰언니, 넉넉하지 않은 형편, 부모님의 다툼이 있는 날이면 어김없이 일기장이 펼쳐졌다. 보지도 않고 데려간다는 셋째 막내딸이었지만, 실상 두 언니의 부재를 버텨내야 하는 첫째와 다름없었다. 큰언니는 언젠가 집을 나가 20살을 넘기도록 자취를 감추었고, 막내는 학창 시절 내내 둘째 언니를 챙기는 몫을 맡았다.

중학교 시절 선생님들이 둘째 언니 이야기를 먼저 해올 때면 얼굴이 달아올라 어쩔 줄 몰랐다. 언니의 장애를 숨기고 싶었고, 아무에게도 보이고 싶지 않은 비밀처럼 언니 존재를 감추고 싶은 사춘기였다. 큰언니와 작은 언니로부터 비롯한 여러 사건 사고들은 도저히 삼류소설이 아니고야 감당할 수 없는 일이라 여기면서 말이다. 아무도 몰라줄 것 같던 소녀의 일기는 머리가 제법 굵어진 고등학교 2학년쯤 친구들의 고백으로 어렴풋이 알게 되었다. 반듯하게 다려진 교복 뒤에 숨겨놓은 저마다의 아픔이 있다는 걸. 춤에 빠진 아이, 반항을 일삼던 아이, 오로지 공부에 매달릴 수밖에 없던 아이. 홀로 일기장에 마음을 쌓고 있는 아이도, 모두 다를 바 없는 삶을 살고 있었다는 것을 그때 처음으로 알게 되었다. 나만 다를 거야, 나만 힘든 거야, 아무도 나의 슬픔을 몰라줄 거야. 그러나 혼자만의 아픔이 아니었다는 엄청난 사실을 10대 후반을 넘기며 깨달았다.

멈추지 않는 생각으로 인해 은둔생활을 하던 친구가 개인 상담을 신청했다. 부모가 자신의 인생을 망쳤다는 생각과 억울함, 주변 사람들이 자신을 이용하려 할 뿐 아무도 손 내밀어 주지 않는다는 확신, 그는 결국 방문을 닫고 세상과의 대화를 거부했다. 끊임없이 이어지는 생각은 스스로 숨을 쉴 수 없게 만들었다. 의지로 조절하기 어려운 상태에 이르렀다. 생각이 범람하는 밤이면 과호흡과의 싸움이 시작됐다. 상담 첫날이 기억난다. 쉬지 못하는 생각 보따리처럼 그가 뱉어내는 말 또한 쉼표가 없었다. 마침표가 찍히지 않은 그의 언어에 분리 작업이 필요했다. 댐에서 쏟아져 내리는 물처럼 쉼 없이 흐르는 말을 짧은 문장으로써 하나의 사건과 생각, 느낌, 결과를 정리해보기로 했다. 여러 해 동안 많은 상담자를 거쳤으나 생각을 글로 적어보는 건 처음이라 어색하다 말했다. 하지만 그는 생각을 처음으로 적어본 순간 새로운 사실을 알게 되었다. 마침표를 찍고 숨을 쉬어야 할 자리가 어디인지 본인의 눈으로 발견한 것이다.

글쓰기 치료 전문가인 페니베이커와 에반스는 '표현적 글쓰기를 위해서는 자신이 보기에 아무리 안 좋은 부분과 결함이 있더라도 그 검열관을 해고하고 무엇이든지 마음 놓고 쓸 수 있도록 스스로에게 자유를 허용해야 한다' 했다. 글을 쓰는 것은 그 자체만으로 해소의 역할을 충분히 해낸다. 감정을 실어다 옮기고, 생각이 분출될 수 있도록 돕는다. 누가 알아주지 않아도 스스로 위로하고, 독려한다. 뛰쳐나갈 듯 올라오는 충동을 다스리기도 한다. 때로는 상대에게 하고픈 말을 적어봄으로써 어느 정도 시원함을 느낄 수 있다. 용기가 생긴다면 대화를 시도해볼 수도 있는 일이다. 분명 이전에 올라왔던 격한 감정이 아니다. 소망과 소원, 바람을 기록하면서 앞으로 나아갈 힘 또한 얻는다. 삶의 현장에 놓여 있는 자연스러운 글쓰기와 표현의 행위는 무너지는 자아를 돌봐왔다. 일기라는 이름으로.

얼마 전 친정에서 먼지가 시커멓게 내려앉은 상자를 가져왔다. 학창 시절 친구들과 주고받은 편지와 교환 일기, 다이어리가 빛바랜 골동품으로 변해 있었다. 제법 큰 상자를 가득 채운 편지를 하나씩 꺼내 읽자니 시간 가는 줄 몰랐다. 이제는 기억이 가물거리는 친구부터 너무나 보고 싶은 친구들까지. 시험 기간 스트레스가 적나라하게 적힌 친구의 호소문도 보이고, 다른 학교로 전학을 간 이후에 그리움을 가득 담아 보내온 편지도 보인다. 이만큼 많은 분량의 편지를 받았으니, 그만큼 나 또한 누군가에게 수많은 편지를 보낸 거겠지. 피식 웃음이 나는 글이 대부분이다.

편지 더미 사이에서 시커먼 표지의 다이어리가 두 권 보였다. 보험회사 이름이 찍힌 수첩이다. 그 안에는 띄엄띄엄 어느 시기마다 토해내는 일기가 담겨있다. 공부가 잘 안 된다며 세상 끝난 것처럼 처절하게 외치는 몸부림, 하고 싶은 일이 뭘까 자문하다가 마친 하루, 다음 시험까지 열심히 준비하자며 파이팅을 여러 번 외치는 모습. 엉뚱하게도 잃어버린 만 원의 행방을 찾는 글에선 웃음이 났다.

그러다 멈칫 가슴 한줄기가 찡한 페이지가 나타났다.

'누누했던 시간'이라는 표현으로 시작되는 문장이 당시의 답답함을 말해주는 듯하다. 모든 것이 엉망진창이라며 꾹꾹 눌러쓴 글자에 한참 동안 눈길이 멈추었다. 이날 어떤 일이 있었던 걸까. 쏟아낸 마음만 있을 뿐 무슨 상황인지 알 수 없다. 어른인 내가 겪었다면 분명 훌훌 털어버릴 수 있을 일이었을 텐데, 어린 소녀가 감당하기에는 꽤 힘든 하루였나보다.

지나간 기록을 살펴보며 마음속 검열관을 뒤로하고 감정을 토해낼 수 있는 일기장이 있었다는 게 새삼 감사했다. 표현하지 않고서는 도저히 지나갈 수 없었으리라. 하루하루의 조각들이 담긴 기록을 모아놓고 보니 웃던 날과 울던 날이 공존한다.

일기만큼 가식적이지 않고 자신을 드러낼 공간이 어디 또 있으려나. 저마다의 사연이, 저마다의 기쁨과 시련이 각자의 언어로 일기장이라는 비밀 창고에 저장된다. 일기장 속에서 만난 어린 나에게 말해주고 싶다. 충분히 잘 해왔다고. 다이어리를 품에 꼭 안고 토닥여본다. 유난히 햇살이 포근한 날이다.

글로 정제하다

몇 년 전 엄마를 놓아주어야 한다는 연락을 받은 저녁, 그러니까 엄마가 쓰러진 뒤 일주일 만에 뇌사 판정이 떨어진 그 날, 표현하기 어려운 슬픔이 밀어닥쳤다. 아무런 준비도 할 수 없었다. 외할머니 장례식 마지막 날에 황망하게 쓰러진 엄마는 그 시간 이후 단 한 번도 눈을 뜨지 못했다. 외할머니를 제대로 보내드리기도 전에 가족과 친지 모두 비통함에 빠졌다. 어떤 사람조차 예상하지 못한 시나리오였다.

매일 중환자실에 들러 엄마의 상태를 살폈지만, 차도는 없었다. 뇌사를 알리는 전화를 받은 저녁부터 밤새 쉼 없이 눈물만 흘렸다. 엄마를 어떻게 보내드려야 할지 아무 생각이 나지 않았다. 지쳐 쓰러져 겨우 침대에 몸을 뉘었는데 갑작스레 심장이 타들어 가는 느낌을 받았다. 왼쪽 가슴부터 정수리 끝까지 불같이 타들어 가는 화끈거림을 참을 수 없는 상태가 된 것이다. 놀란 남편은 119에 도움을 요청했고, 결국 응급실에 실려 가고 말았다. 그리고 또 한 번 엄마를 보내야 하는 장례식장에서 극심한 어지러움을 버티지 못하고 차가운 응급실 침대에 누워 CT를 찍게 되었다. 아버지는 딸마저 잘못되기라도 할까, 낯빛이 새파래졌다.

세상에서 가장 사랑하는 이를 허망하게 떠나보내야 하는 슬픔은 그 어떤 말로도 위로가 되지 않았다. 작별 인사 한마디 건네지 못한 채 보낸 엄마의 자리는 너무나 크고 휑한데, 떠난 이의 흔적을 정리하는 일은 잔인하게만 느껴졌다. 당시 큰언니는 악성 뇌종양 선고를 받고 삶의 끈을 절실하게 붙들고 있었던 때다. 운명의 장난이 심해도 너무하지 않은가.

외할머니와 엄마 그리고 큰언니. 어이없게도 삼대에 걸친 죽음의 그림자를 두고 집안 어른들은 수군거리기까지 했다. 틈이 나는 대로 친정으로 내려가 아버지를 모시고 동사무소, 은행 등 여러 기관을 돌아다니며 서류를 정리하고, 엄마의 유품을 하나씩 치워 나갔다. 아버지와 동사무소에 증명서류를 발급하러 간 어느 오후. 심상치 않은 느낌이 온몸을 휘감았다. 곧 쓰러질 것 같았지만 아버지가 걱정하실까 말씀드릴 수 없었다. 정신을 놓기 직전 다 죽어가는 목소리로 병원에 데려다 달라 말씀드렸다. 응급실 의사가 나를 알아봤다. 그는 검사 결과 이상이 없다는 걸 알려주며 조심스레 말을 꺼냈다.

"환자분, 마음이 힘드시죠"

아. 왜 그때까지 생각하지 못했을까. 극심한 스트레스로 몸에 이상이 생긴 결과라고만 생각했지 '심인성 증상'일 수 있다는 걸 알아차리지 못하고 있었던 거다. 의사의 한 마디에 모든 걸 알아차렸다. 받아들이지 못한 괴로운 마음이 온몸으로 표현되는 신체화 증상으로 나타나고 있었음을.

인정하고 싶지 않았지만 수긍해야 했다. 엄마와 갑작스러운 이별이 그토록 수용하기 힘든 사건이었음을 새삼 자각했다. 이후로도 힘든 시간이 계속되었다. 매일 밤 엄마가 그리웠고, 한번 뜨겁게 불이 지펴진 몸은 극도로 예민하게 굴었다. 유독 잠을 자기 직전 팔다리가 저렸다. 남편은 병원에 가봐야 하는 게 아니냐 했지만, 나는 잘 알고 있었다. 그 어떤 검사를 해도 몸에 이상이 있다는 결과가 나오지 않음을. 증상이 깊어지기 전에 서둘러 방법을 찾아야 했다. 평소 신뢰하던 임상 전문가에게 바로 도움을 요청했다.

일주일에 한 번씩 그녀를 만나 엄마를 잃은 슬픔과 남겨진 괴로움, 죄책감을 덜어내는 시간을 가졌다. 돌이킬 수 없는 일이지만, 사람의 힘으로 어찌할 수 없음을 이제는 엄마를 보내주어야 함을 조금씩 인정해 나갔다. 점차 증상은 잦아들었다. 5주쯤 되었을까. 그녀는 웃으며 그만 나오라 했다.

여느 상담이 그렇듯 상담자는 조력자의 역할만 할 뿐 스스로 배를 저어야 한다. 그나마 밥벌이를 이쪽 분야에서 하고 있음에 감사했다. 그동안 배운 방법들을 신체에 적용하고자 다방면으로 시도를 멈추지 않았다. 호흡과 이완훈련의 반복, 증상이 아닌 현재에 머무르기 위한 다양한 질문을 던지고 천천히 답해나가는 시간을 가졌다. 그리고 가끔은 노트를 꺼내 들기도 했다.

당시엔 지금처럼 글쓰기를 꾸준하게 하던 때는 아니었다. 하지만 무엇이 그토록 힘들게 느껴지는지, 어떤 생각이 반복되는지, 무슨 감정에 사로잡혀 있는지, 그것이 현재 무엇과 닿아 있는지 찾아오는 물음표를 따라 간단한 답변을 쓰곤 했다. 엄마를 그리워하는 마음을 단순하게 들여다보는 것과는 또 다른 작업이었다. 몸의 증상과 파국적인 생각들로 인해 현실의 내가 얼마나 고통받고 있는지, 그것이 자신에게 스스로 얼마나 비생산적인 결과를 가져오는지 객관적으로 들여다보고 점검할 필요가 있었다.

깊은 트라우마를 가진 이들을 면담할 때 '계속 말할 수 있게 독려하기'를 배운다. 이때 말하는 이의 내용을 평가하지 않고 충고하지 않아야 함을 강조한다. 어떤 기법을 적용하기보다는 안전하고 충분하게 말을 할 수 있도록 하는 게 중요하다. 과거의 굴레에 갇혀 그 시간에 지나치게 오래도록 머물지 않게 당사자의 말로 입 밖으로 꺼낼 수 있기를 격려한다.

해소의 의미가 담겨있다. 그리고 언어로 표현함으로써 말하는 이가 스스로 재구조화할 수 있도록 돕기 위함이다. 말로 드러나는 사이에 아픈 상처가 열어질 수 있다. 실제 겪었던 일이 달라지는 게 아니라 그 일을 바라보는 현재의 눈이 달라졌기에 똑같은 상처로 다가오지 않는다. 재해석된 언어는 불필요한 감정을 재생산하지 않는다. 말로 표현하기 어려운 것이 있다면, 글로 쓰면 더 효과적이다. 정신적 에너지가 다른 곳으로 허비되는 것을 돕기 때문이다. 생각 또는 감정이 글자로 정제되는 사이 고통은 경감된다.

손화신 작가는 〈쓸수록 나는 내가 된다〉에서 공황 증상이 있었음을 고백한다. 약 1년간 집에 틀어박혀 밖에 나가지 못하고, 바닥을 뚫고 내려가던 때 본능적으로 치열한 글쓰기를 했다고 전했다. 그녀는 '기다렸다는 듯' 형식 없이 자신을 쏟아내고 나서야 '괜찮아지는 때'를 앞당길 수 있었다고 회고했다. '그것에 관해 써야 비로소 의미를 획득할 것이고, 그 글이 나누어질 때 의미를 부여받을 것'이라는 작가의 말은 강한 설득력으로 다가온다. 감당하기 어려운 감정이나 생각은 묵히면 묵힐수록 몸으로 드러나기 마련이다. 결국 마음과 몸은 따로이지 않다. 살다 보면 누구나 원치 않는 아픔을 겪을 수 있다. 처음부터 강한 사람이어서 시련을 이겨내는 게 아니라 부딪히고, 새롭게 바라보고, 또 받아들이면서 견뎌낼 힘을 키워나가는 것이다. 삶의 맷집이 아픔을 통해 두툼해진다.

몸으로 찾아왔던 마음의 고통은 글로 드러남으로써 기능을 상실해 간다. 형체가 없는 두려움과 불안의 안개는 글이라는 통로를 통해 빠져나갈 수 있다. 물론 글쓰기 하나만으로 기적처럼 모든 고통이 없어질 수는 없지만 적어도 쓰는 일은 몸으로 독소가 깊이 스며들지 않도록 처치하는 기능을 발휘하는 듯하다.

우리는 매 순간 무수한 일들을 경험하기 마련이다. 뭐든 다 유연하게 받아들일 수 있고, 쉽게 지나갈 수 있다면 얼마나 좋겠는가. 그렇지 못하기에 평소에 유연하게 대처할 방패 하나쯤은 준비해두는 게 필요하다. 깊은 밤 아주 가끔 자신도 모르게 몸에 긴장이 찾아오거나 가슴이 답답해질 땐 노트를 펼쳐보자. 예민해졌던 신경은 글을 쓰는 사이에 자연스레 둔감해질 수 있다. 자신을 보호하기 위한 아주 간단하고 효과적인 방법이 있다는 걸 잊지 않기를.

강박의 선물

펜을 들면 기필코 따라오는 주제가 있다. 엄마. 열에 다섯은 그러니까 절반은 엄마 이야기다. 할머니가 되면 엄마를 잊을까. 대답은 그럴 리가 있나! 이다. 오히려 나이가 들수록 삶의 구석구석 엄마의 향기가 짙어진다. 자연스레 배운 행동을 그대로 재연하는 모습을 발견할 때면 헛웃음이 나기도 한다. 이런 나를 나의 딸이 또 닮아가겠지. 엄마를 제목으로 글을 엮어보면 어떨까 생각했던 적이 제법 된다. 그만큼 엄마가 그리워서일 거다, 그만큼 하고 싶은 이야기가 많아서일 거다.

나라는 존재가 세상의 빛을 볼 수 있도록 잉태해 준 위대한 우주이자 하나뿐인 보금자리. 평생 옆에서 지켜 줄 줄 알았던 엄마는 이제는 눈을 감아야만 나타나는 이미지로 변해 있다. 겨우 더듬고 더듬어야 보이는 희미한 얼굴로 말이다. 하루아침에 어미 새를 잃어버린 작은 새는 홀로 세상을 사는 법을 깨우쳐야 한다.

머물러 자꾸 떠오르는 것. 바삐 지낼 때는 저기 멀리 있다가 조용한 시간이면 찾아와 어른거리는 것. 나탈리 골드버그는 〈뼛속까지 내려가서 써라〉에서 그것을 '강박증'이라 표현했다. '자주 출몰해서 괴롭히는', '절대 잊을 수 없는' 것이기에 "작가란 결국 자신의 강박관념에 대해 쓰게 되어 있다" 했다.

잊을 수 없기에 시도 때도 없이 나타나 머무르는 강박관념. 잊어야지 하면 할수록 강하게 나타나 툭툭 건드린다. 원하든 원하지 않던 상관 없이 튀어나오니 제어하기가 어렵다. 강박이란 떼어내고 싶어도 떨어지지 않는 지독한 생각을 말한다. 없애보려 최대한 의지를 발휘해 봐도 꼬리에 꼬리를 물고 나타나는 생각은 오히려 더 선명하고 진하게 다가온다. '지금부터 코끼리를 생각하지 마세요' 하는 순간 코끼리의 이미지가 눈앞에 그려지지 않던가. 가위로 싹둑 자를 수도 없는 노릇이다. 어쩔 도리가 있겠나. 쓰는 수밖에.

나탈리 골드버그는 본인이 유대인이라는 점을 떼어놓

기 어렵다고 했다. 출생, 그 뿌리 깊은 서사의 시작. 그것은 그녀의 강박이자 글 쓰는 힘의 원천이 되어 주었음을 고백한다. 그녀의 강박은 나의 강박과도 닮아있다. 엄마, 그리고 가족. 이러한 점은 나탈리 골드버그와 나뿐 아니라 우리 모두에게 뿌리 깊은 글의 씨앗이자 벗어날 수 없는 굴레다. 진솔한 글은 자신과 가장 가까운 것으로부터 출발한다. 가까이 있는 이들과 살아가는 삶의 여러 장면이 소중한 글의 씨앗이면서도 강박적으로 출연하는 단골손님이 된다. 강렬한 경험과 체험 혹은 오래 간직하고 싶거나 떼어내 버리고 싶은 것들. 극과 극의 내용일지라도 모든 것은 자기로부터 시작된다. 결국 매듭을 짓는 일 또한 자신의 몫이다.

우리에겐 기쁘고 행복한 순간보다 아프고 처절했던 장면이 짙은 기억으로 남는 경우가 많다. 잊지 못해 떠올리고, 지우지 못해 가슴을 뜯는다. 적어도 나에겐 엄마의 죽음이 그러했다. 아니, 더 정확하게 말하자면 차갑게 식어버린 엄마의 얼굴. 뇌를 한번 열었다가 수술이 불가한 상태로 닫혀버린 숨구멍. 딱딱하게 굳어버린 엄마 몸을 부둥켜안고 서늘한 시체 냉장고 앞에 주저앉아 장기이식을 하기 전 엄마 모습을 눈에 담으려 애쓰던 막내딸. 그

날 이후 나의 기억은 뒤죽박죽이 되었다.

한동안 엄마가 떠난 날짜를 기억해내지 못했다. 억압이었으며 부정이었다. 아무리 끄집어 내려 해도 그게 언제였더라, 가물거릴 뿐이었다. 받아들일 수 없음은 보이지 않는 세계로 많은 걸 꾸역꾸역 쑤셔 넣었다. 고왔던 엄마의 모습을 기록해두고자 펜을 들었지만, 어김없이 서늘함과 먹먹함이 멱살을 잡고 뒤흔들었기에 엄마를 쓰는 일은 번번이 실패했다. 하지만 도저히 밀어낼 수 없었다. 어느 날 천천히 엄마를 쓰기 시작했다.

감당할 준비가 되었는가.

먼저 질문을 던졌다. 다음으로 노트를 펼친다. 첫 단어가 조심스레 적힌다. 마음을 다루는 작업을 할 때 상담을 받는 이가 받아들일 수 없는 해석, 직면은 하지 않도록 한다. 모든 일에 순서가 있듯이 받아들일 힘이 있는지 가늠해보는 것이 먼저이다. 욕심부리지 않고 감당할 수 있는 것부터 천천히 들여다본다. 눈물부터 날 때가 있고, 괴로워 더 쓰기가 어려운 순간이 있다. 그럴 땐 억지로 쓰지 않는다. 슬픔을 드러내는 과정 안에서 애도가 일어난다. 현실에서는 절대 만날 수 없는 강을 건너버렸음을 수용하게 될 때쯤, 계신 그곳에서 편안하게 웃고 있을 거란 믿음이 드는 순간 엄마의 미소 짓던 얼굴이 아픔보다는 따뜻함으로 스며든다.

그렇게 다시 꺼내어 본 엄마와의 시간. 소중한 이를 잃었을 당시에는 사소한 추억 하나조차 떠올리기 힘들었지만, 이제는 울컥하면서도 문장으로 어여쁜 엄마를 다시 만난다. 그 안에서 손도 잡고, 힘껏 안아본다. 왜 이렇게 못생기게 낳았냐며 천지 모르고 떼 부리던 막내딸이 아니라, 얼마나 사랑받고 귀한 딸이었는지를 절절히 깨달으며 감사의 마음을 전한다.

감내하기 어려웠던 감정을 한 꺼풀 벗기면 그 속에는 잔잔한 웃음과 기쁨, 사랑이 가득 차 있음을 오롯이 느낄 수 있다. 흰머리 한 가닥마다 용돈을 받으며 깔깔거리던 어린 시절의 한 장면, 처음 뽑은 차를 몰고 의기양양 엄마를 태우고 드라이브 가던 길, 첫째 외손주가 아장아장 걷기를 시작할 때 코스모스를 배경으로 나들이했던 골목. 모든 게 아름답고 아련하다.

한편 나 또한 어느 정도 나이가 들어 새로운 시선으로 엄마를 바라보니 고되고 애달팠던 한 여인의 삶이 보인다. 외롭고, 힘든 시간 어찌 보냈을까 애처롭다. 어렸던 아이의 눈으로 봤던 엄마의 모습과 직장을 다니며, 두 아이를 키우며 함께 했던 엄마와의 시간은 또 다른 느낌으로 기록된다. 삶의 한쪽 뿌리이자 세상을 살아가기 위한 자양분이 되어 준 존재. 잊고 싶다고 마음대로 잊힐 수 없는 강력한 배경이다.

해결이 되지 않은 채 불쑥불쑥 찾아오는 그리움은 막으면 막을수록 어떻게든 터져버리게 마련이다. 숨겨진 아픔은 세상을 부정하고, 관계를 부정하고, 결국 나를 부정한다. 우울이라는 감옥 안에 갇히는 순간 칠흑 같은 어둠에서 빠져나오기 어렵다. 그리움에서 시작한 글쓰기는 엄마를 여자로서, 아내로서, 한 인간으로서 바라보게 해 주는 창문 역할을 해 주었다. 애달프면서도 고왔던 생은 글 안에서 아름답게 피어났다. 그녀의 딸이었음이 자랑스럽다. 막내딸이 하는 일이라면 뭐든 믿어주셨던 토닥임에 나는 오늘도 하루를 살아갈 힘을 얻는다.

틈이 날 때마다 하나, 둘 엄마를 기억하기 위해 남긴 글들이 지금은 반짝이는 유산이 되어 마음속에 들어있다. 생각나면 생각나는 대로 쓰고, 조금이라도 생생한 추억을 담아놓을 수 있음에 만족스럽다.

때로는 나를 힘들게 하는 것. 그러나 나를 지탱해주는 것. 버리고 싶지만 버려지지 않는 것. 굳이 버릴 필요가 없는 것. 들여다보고 싶을 때 실컷 볼 수 있는 것. 견딜 수 없이 따갑고, 자꾸 떠오른다면 억압하지 말고 쓰자. 의식의 표면으로 떠오르고 싶어 하는 '강박적'인 '무언가'가 또 다른 삶의 에너지를 선물할 게 분명하다.

엄마의 삶, 빛바랜 기억에 딸의 손길이 닿아 다시 광채를 빚어내는 기록으로 쌓이고 있다. 엄마는 막내딸의 노트 안에서 예전처럼 포근한 웃음을 짓고 있다. 그리움으로 깊어진 빛이 오늘날 내가 살아가는 원동력이 되어 준다. 기억할수록, 기록할수록 아름답게 빛나는 엄마가 되었다.

치유의 딱지

✿

아주 오래전 상담 공부를 시작한 지 얼마 되지 않았을 무렵, 상담자를 대상으로 한 가족치료 워크숍을 다녀오는 길이었다. 이른 아침부터 오후 늦은 시간까지 가족이라는 보이지 않는 끈이 어떠한 역동으로 이어져 왔는지 탐색하는 수업이었다.

강의를 듣는 것만으로도 꽤 애가 쓰이는 작업이었는데, 자신에게 적용해 보려니 여간 힘든 일이 아니었다. 잊고 있던 기억이 불쑥 튀어나와 곤혹스러움을 느꼈다. 보고 싶지 않았던 삶의 장면을 워크숍 내내 자세히 들여다봐야 했다. 서로 어떻게 연결되어 있는지, 그 끈이 얼마만큼 강한 위력을 발휘해 왔는지 들여다보면 볼수록 생생하게 다가왔다.

손을 뻗어 상자를 만지는 것만으로도 가시에 온몸이 찔린 듯 따가웠다. 그도 그럴 것이, 나는 청소년기에 결혼에 상당히 회의적인 입장이었다. 견디고 살아야 하는 엄마라는 역할이 가엾게만 느껴졌기 때문이다. 든든하고 믿음을 줘야 할 가족이 오히려 상처를 내는 주범이 된다는 걸 도저히 믿을 수 없었다. 막내딸로 어리광부리고 싶던 욕구를 제대로 드러내 보지도 못한 채 어른스럽게 행동해야 했던 시절이 무겁게만 느껴졌다. 힘든 엄마에게 나마저 짐이 되면 안 된다는 생각이 컸다.

명절이 되어 가끔 뵈었던 할머니는 때마다 나를 불러 '네가 집안의 기둥이니 책임지고 잘해야 한다'라는 엄청난 당부를 쏟아내시곤 했다. 할머니의 뜻을 제대로 알리 없는 어린 셋째 딸은 그 말이 벗어날 수 없는 굴레로만 느껴졌다. 손녀 힘든 마음은 몰라준다며 속으로 할머니를 얼마나 미워했던지.

워크숍을 마치고 집에 다 왔을 무렵 온몸에 힘이 풀렸다. 꽁꽁 움켜쥐고 있던 무언가를 내려놓는 기분이 들었다. 주차를 마치고 한참 동안 내리지 못했다. 적막한 차 안에서 실컷 울고 나니 묘한 해방감을 느꼈다. 상처는 내보이는 순간 똑같은 상처가 아니다.

말 한마디에 뭐 그리 달라질 것이 있겠나 싶지만, 제대로 한번 쏟아내는 경험을 하고 나면 무게가 제법 가벼워진다. 또한 그저 뱉어내는 수준이 아니라 삶의 조각을 다시 맞추고 그것이 어떤 영향을 주고 있었는지 진심으로 껴안는 순간을 맞이하게 될 때, 많은 것들이 달리 보인다. 아픔을 다루는 현실 세계의 맷집이 달라지는 것이다. 관찰자로서 자기를 살피는 일은 자신의 몫과 상황을 분리해내는 힘을 키워준다. 묵은 먼지를 안으로 들여와 폭탄을 만들지 않는다. 조금 더 단단해진 맷집으로 고름이 난 자리를 매만지고 보듬는다. 다른 이의 손길이 아니라 자기 손으로 약을 발라줘야 효과가 크다.

한 번이라도 글을 써본 사람은 경험해봤을 것이다. 자신의 가장 어둡고 그늘진 자리가 어김없이 말을 걸어온다는 것을. 꽁꽁 봉인했음에도 상자가 열리기만을 기다리는 뜨거운 열기가 그 속에 가득 차 있음을 안다. 함부로 드러내기 어려운 지난 이야기이자 또렷한 상흔이다. 야속하게도 삶의 언저리 어딘가 내내 머무르며 불시에 덮칠 기회를 노리고 있다. 길고 짙게 드리운 그림자의 크기와 깊이만큼 감당해야 할 숙제 또한 늘어난다. 숙제를 해결하지 못하고 끌어안고 있는 시간만큼 심적 어려움은 커진다.

분명한 것은 마음의 성장은 바로 그 자리, 외면하고 싶었던 그곳에서 일어난다는 점이다. 아픔이라 여겼던 자리로 돌아가 거기서부터 시작이다. 삶의 장애물이라 여겼던 어둠의 흔적을 오늘로 가져와 객관적으로 바라보는 작업은 더이상 똑같은 모습으로 과거에 영향받지 않도록 돕는다. 건강한 경계선, 튼튼한 울타리가 상처 속에서 생겨난다. 누가 와서 세게 흔들더라도 잠시 휘청거릴 뿐 넘어지지 않는다. 부정하고 싶었던 생각과 감정을 인정함으로써 현재의 눈으로 살아갈 지혜를 얻게 된다. 상처로 가득했던 시선으로 인해 제대로 파악하지 못했던 내용을 새로운 눈으로 받아들이게 된다. 적응적이지 못했던 삶의 도식을 펼쳐놓고 변화를 받아들일 수 있는 지점들을 확대해 나간다.

정여울 작가는 어머니의 엄격한 훈육으로 모범적이고 바람직한 딸이 되기 위해 무수히 애쓰고 견뎌왔다고 했다. '왜 이것밖에 안 되는 거니?' 자신에게 따져 묻는 목소리와 '진정한 친구가 없다.' 고통스럽게 외치는 내면 아이가 있음을 언급한 바 있다. 그녀도 처음에는 쉽게 꺼낼 수 있는 이야기가 아니었을 테다. 하지만 작가의 말처럼 콤플렉스라 불리는 것은 오히려 밖으로 드러남으로써 '아픔이 꿈틀거리는 장소'가 아니라 '치유의 기적이 일어나는 장소'이자 '삶의 전환점이 시작되는 장소'로써 가치 있는 삶의 재료가 되었다. 작가는 성장을 방해하는 목소리를 따라가지 않고, 그 뒤에 새겨진 의미를 성찰해냄으로써 오히려 살아가는 동력으로 삼았다. 밖으로 드러나는 모든 것들을 찬찬히 들여다보면 그 어디에도 자신의 것이 아닌 게 없다. 굳이 남과 비교할 필요가 없는 유일무이한 작품이다. 앞으로 어떤 스토리가 쓰일지 아무도 모르기에 설레는 마음으로 다가갈 수 있다. 지극히 주관적이고 개인적이며, 독창적이고 심미적인 경험이다.

우리는 모두 자기 삶을 직접 쓰는 작가이다. 가슴 속에 인생을 쓰는 이가 늘 상주해 있는 셈이다. 인생의 주요 시기마다 내 안의 작가는 선택과 선택을 거듭해나갔다. 선택의 결과물이 오늘이다. 현재가 있기까지 셀 수 없는 감정의 파도를 만났을 테다. 꼬리를 무는 생각과 줄다리기하느라 지치기도 했다. 온몸에 새겨진 역사를 그대로 지나쳐버리기엔 꺼내 봐야 할 이야기가 너무나 많다. 먼지가 뽀얗게 쌓인 옛이야기 퍼즐을 맞춰가다 보면 그 시절 나와 화해할 길 또한 보이리라.

문자로 드러나기를 원하는 모든 것과의 만남. 잊혔지만 각인된 기억과의 조우. 하얗게 부서지는 파도처럼 밀려드는 마음의 소용돌이를 천천히 글로 새기며 성장으로 향한다. 징검다리로써의 글쓰기다. 불같이 타올라 고통스럽고, 때로는 차가운 눈물에 지독하게 외로워야 하는 것. 그러함에도 삶의 환희를 맛보며 희망을 노래하는 것. 자기만큼 자신을 잘 아는 작가가 어디 있을까. 자꾸 꺼내어 보고 수시로 다듬어봐야 할 일이다. 그 긴 여정 속에서 삶의 에너지를 충전한다.

아픔, 고통, 콤플렉스. 드러낸다고 해서 아무것도 아닌 일이 될 수는 없다. 매끈하게 봉합한 줄 알았더라도 때로는 가슴 쓰라리고, 다시금 위협적인 순간을 맞이할 수 있다. 흔들리고 또 흔들릴 수밖에 없는 게 인생이다. 그러나 우리는 과거가 아닌 오늘을 살아야 하고, 주어진 오늘은 나에게 가장 소중한 날이기에 바로 지금의 이야기를 써야 한다. 과거로부터 발목 잡힌 것을 찾는 게 아니라 과거로부터 배움을 얻는 것. 그러는 사이 아팠던 상처에는 맷집이라 불리는 두툼한 딱지가 생겼다.

딱지는 하루아침에 만들어질 수 없다. 때마다 적절하게 연고를 발라 줘야 덧나지 않는다. 고름이 생겼던 자리를 스스로 매만질 힘이 있다면, 그것을 문장으로 꺼내어 적어볼 힘이 있다면 충분하리라. 연하게 돋아난 새 살이 반갑다.

어둠으로부터

유재석, 조세호 씨가 진행하는 유명한 토크 프로그램에 G사 수석 디자이너가 출연했다. 그녀는 우물 속에 사는 개구리가 되기 싫어 더 넓은 세상인 미국으로 향했다고 한다. 그러나 그곳에서의 생활이 오히려 더 작은 우물처럼 느껴졌다고 전했다. 우물 속에 사는 개구리가 개구리로서 충분히 행복할 수 있음에도, 바다에 사는 개구리가 되려고 애쓰다 보니 힘이 들었던 거다. 비로소 바다 개구리란 건 없으며 자신을 개구리로 인정하는 순간 행복이 찾아온다는 걸 깨달았다고 한다.

그녀는 이 깨달음을 혼자 간직하지 않고 '우물 안 개구리'라는 제목의 글을 적어 회사 동료들에게 이메일을 보냈다. 그 결과는 감동적이었다. '나 혼자만 그런 게 아니었어.' 홀로 외롭고 지쳐있던 동료들의 피드백이 온 것이다. 각기 다른 모양새로 성과의 압박을 견디며, 일의 무게를 짊어지고 있었다는 고백이 이어졌다. 솔직하고, 진심이 담긴 자기 성찰적인 글 한 편이 고요해 보이던 수면에 파장을 일으켰다. 다들 드러내지 않고 살아갈 뿐, 위로와 격려가 필요했던 거다.

지극히 개별적인 삶의 장면이지만, 그것이 보편성을 지닐 때 깊은 파장이 일어난다. 마음의 울림 즉, 공감이 발생하는 것이다. 여러 사람과 진행되는 집단상담의 치유 원리 중에서도 강조되는 것 중 하나이다. 나만 느낀다고 생각한 아픔이 누구나 경험할 수 있는 일임을 알 때, 누군가 비슷한 경험을 고백하는 것을 들을 때 슬픔은 반으로 줄어든다.

21년 폐암 수술을 마치고 회복하는 동안 진료 기록을 남겨두면 좋겠다는 생각에 블로그를 시작했다. 소소한 일상을 조금씩 올리다 보니 금세 1년이 지났다. 그사이 이웃이라는 이름표를 달고 여러 인연을 맺었다. 단순 정보를 주고받는 공간이 아닌 삶을 담아내는 문장으로 가까이하다 보니 몇몇 분과는 실제 현실에서 인연을 이어가고 있기도 하다. 가깝게 지내는 이웃은 대부분 글쓰기에 관심이 많다. 이미 출간한 작가도 있으며, 블로그뿐 아니라 브런치 등 여러 무대에서 활발하게 활동 중인 사람들도 있다. 처음에 블로그를 시작할 때만 해도 가상 공간에서 사람들을 사귈 거라곤 생각하지 못했다. 하는 일과 나이, 사는 곳 관계없이 우리는 서로의 문장을 응원하며 삶의 일부를 공유하며 지낸다.

그들이 풀어내는 세월 또한 그리 순탄치만은 않아 보였다. 상담 장면이었다면 꽤 오랜 시간 공을 들여 매만져야 할 이야기들이 제법이다. 어머니의 삶의 애환을 고스란히 지켜보며 장녀로서 짊어진 삶의 무게까지. 그야말로 우여곡절의 세월이다. 그녀가 아이를 낳고 부모가 되어 어머니를 하나의 인생으로 수용하는 그 과정이 문장으로 태어났다.

또 다른 그녀는 다시 일어서지 못할 것 같던 아픔을 글을 통해 농익어 가는 시간을 책으로 펼쳐냈다. 인생의 봄을 만나 아름답게 익어간다는 그녀의 이야기에 코끝이 시려오는 건 우리가 모두 공감할 만한 삶의 애환이 담겨 있기 때문일 것이다. 그리움을 담아 어릴 적 추억을 구슬 꿰듯 곱게 담아낸 문장, 시골에서의 정겨운 초록 이야기, 자신의 틀을 깨고 튀어나오려는 단어들. 어느 것 하나 귀하지 않은 글이 없다.

아버지의 부재와 세상에 대한 반항심, 내면의 공허함으로 이리저리 흔들리며 버티어 온 인생 이야기 또한 있었다. 짧은 지면에 담았지만, 어디 그것이 문장 하나로 압축할 만큼 간단한 일이었겠는가. 상처가 난 마음의 눈으로 세상을 바라보는 그 시간은 얼마나 아팠을까. 그는 사랑하는 여인을 만나 아빠가 되었고, 글로써 자기만의 빛을 내고 있다. 평범하게 하루를 살아가는 이들의 지난 삶을 들여다보면 처절하고 저릿한 구석을 하나쯤은 가지고 있음을 본다. 묻어둬도 좋을 그 이야기들을 왜 세상 밖으로 꺼내었을까. 그들은 알고 있다. 오늘을 오늘답게 살아내려면 멈추었던 시간으로 돌아가 당시의 나를 만나고 와야 함을.

유년 시절 잊을 수 없는 경험, 부모님과의 여러 에피소드, 특별하게 기억되는 일, 소위 발달사라고 불리는 많은 것은 삶의 패턴으로 개인의 역사를 구성한다. 심리상담을 할 때 발달사를 짚고 넘어가는 이유가 그 때문이다. 정서적으로 행동적으로 인지적으로 형성된, 소위 말해 패턴이라는 것은 인생 전반에 걸쳐 영향을 미치게 마련이다. 상담에서 발달사를 탐색하는 일은 과거의 어떤 경험 때문에, 혹은 부모의 양육 때문에 현재 자신의 행동이나 생각을 정당화시키는 작업이 아니다. 자기를 이루는 역사 속에 '나'라는 사람이 어떻게 인생을 경험해 왔으며, 그 일이 현재까지 어떠한 영향을 주고 있는지, 무엇을 알아차리고 넘어서야 하는지 열쇠를 찾는 과정이다.

결핍되었던 장면으로 돌아가서 현재의 시선으로 어린 나를 보듬어주는 이야기, 지나왔던 세월의 흔적을 무수했던 영광과 상처로 정리하는 이야기 등, 문장으로 피어난 이웃들의 이야기는 참으로 진솔하게 다가왔다. 읽는 이로 하여금 공감을 불러일으켰으며, 그 자체로 귀한 기록이 되었다. 단 하나의 스토리이자 계속되는 삶의 여정이다.

다양한 삶의 장면을 읽다 보면 마치 펄펄 끓어오른 화산이 분출을 시작하는 것 같았다. 펑~! 하는 소리와 함께 격정적으로 쏟아질 땐 같이 긴장한다. 반대로 시원하게 터져 나올 땐 후련하다. 용암이 얼마만큼 흘러야 하는지는 아무도 모른다. 고기를 삶을 때 핏물을 먼저 우려내는 작업과도 같다. 처음엔 붉은 피가 계속 보일지 몰라도 여러 번 반복하다 보면, 어느 순간 핏물은 가시고 물이 맑아진다. 계속해서 들여다본다는 것은 과거로 매몰되는 것이 아니라 과거를 딛고 오늘을 세우는 일이다. 나로부터 자유로워졌을 때 가볍게 세상을 향해 손을 건넬 수 있음이다. 그때서야 타인과 진정으로 연결되는 길이 열린다.

특별하지 않은 기록일지 몰라도 결국 그것은 유일한 글이 되어 다른 이의 마음으로까지 건너가 외로운 영혼을 어루만져 주었다. 결코 혼자만이 겪는 아픔이 아니었음을 알려준다. 그런 점에서 더 많은 이들이 자신만의 이야기를 글로 담아줬으면 좋겠다는 생각을 자주 해본다. 말로써 허공에 흩뿌리기보다 천천히 안으로 파고 들어가 묵직한 인생 이야기를 끌어내 주면 좋겠다. 타인의 삶의 이야기에 귀 기울이는 사람이 많아져서 읽고, 쓰는 선순환을 이어나가면 어떨까. 아픔과 고통이 있어야만 글을 쓰는 건 아니다. 다만 누구나 각자의 삶의 무게가 있고, 그곳으로부터 출발하거나 귀결되는 이야깃거리가 많을 뿐이다.

글은 '읽힘'으로써, '공유'됨으로써 그 위력을 발휘한다. 이미 우리는 살면서 문장이 주는 아름다움을 직간접적으로 체험하며 살아왔다. 친구들과 주고받은 쪽지, 감사한 이에게 마음을 담아 보내는 편지, 힘든 마음을 알아 달라고 요청하는 편지와 이메일. 그리고 블로그, 브런치, 인스타그램 등 SNS를 통해서 글로써 마음을 표현하고 소통한다. 심지어 카톡 프로필 상태 메시지를 통해서도 내가 현재 느끼는 감정과 생각들, 다른 이가 알아주었으면 하는 것을 업데이트한다. 그 모든 글이 자신을 표현하고 있다.

자신의 삶을 글로 드러내고 풀어가는 사람들은 타인의 인생에도 정성을 다해 귀를 기울인다. 읽고, 공감하고, 또 쓴다. 다른 이의 삶의 재료로 건져 올린 마음의 울림을 자신의 품속으로 가져와 다시 자기만의 시선으로 매만진다. 쓰기는 저 혼자만의 치유과정이 아니라 읽는 이에게도 영향을 끼치는 매체가 되는 것이다.

마음에 웅덩이가 깊게 파인 많은 이의 진솔한 글들이 세상 밖으로 드러나 읽히기를 소망해본다. 누군가와 같이 읽고, 나누고, 위로받으며 '그래도 살아볼 만한 세상이구나!' 느끼는 일이 잦았으면 한다. 작은 씨앗 하나일지라도 끈끈하게 서로 연결되어 있음을 공유하고 싶다.

문장으로 빚은 애도

❁

한 차례 쏟아진 시원한 빗줄기가 무성한 초록을 만들어냈다. 빡빡한 상추 틈 사이로 보이지 않던 길쭉한 이파리가 얼굴을 비췄다. 일일초와 블루베리 나무 사이에 보란 듯 큰 키를 올리며 화려한 모습을 자랑하는 녀석이 있는가 하면, 잔디와 구분하기 어려운 작은 존재들이 꽃과 꽃 사이에 그럴듯한 자태로 잔치를 벌이고 있었다. 하마터면 속을 뻔했다.

초대받지 않는 손님, 이름하여 잡초라 불리는 존재들. 그들의 생명력은 실로 대단했다. 보이지 않는 곳에 파고들어가 뿌리를 내린다. 굵을 대로 굵어진 뿌리가 엉켜 쉬이 떨어지지 않는다. 일일초 언저리에 털썩 주저앉아 용을 쓰다 말고 다른 큰 놈을 뽑으러 자리를 옮겼다. 크나큰 덩치가 매가리 없이 쑥 올라왔다. 튼실하게 뻗은 뿌리와 셀 수 없는 잔뿌리들이 실제 눈에 보이는 것보다 훨씬 많은 면적을 차지하고 있었다. 그 옆 또 다른 모양새의 잡초는 마치 열무처럼 새하얗고 긴 다리를 수줍게 드러냈다.

‘험한 운명’, ‘질긴 생명과 번식력’, ‘아무리 밟아도 굴하지 않고 버티는 인생’. 잡초라는 단어에 붙은 속뜻이다. 그들은 아무도 불러주지 않았기에 들키지 않으려 숨죽인 채 자신의 일부를 흙 속에 파묻는다. 천덕꾸러기로 취급받으며 남몰래 물을 얻어먹고 산다. 발각되는 순간 속절없이 뽑힘을 당하고 말 운명이기에 최선을 다해 깊게 파고들어야 할 숙명을 타고났다. 힘주어 뽑아낸 뿌리들을 가지런히 모아보니 화단에 핀 꽃이나 그 속에 잡초나 싱싱함은 다를 바 없다. 억센 운명의 최후를 들여다보며 서글퍼지는 마음이 드는 건 왜일까.

큰언니를 다시 보게 된 건 내가 대학생일 무렵 인천 어디쯤이었다. 지명은 아직도 떠오르지 않는다. 꽤 더웠던 날이라는 기억만 있을 뿐. 민트색 짧은 티셔츠를 입고 나온 언니가 그동안 가족 모두 걱정해왔던 것보다 멀끔하게 지내고 있는 것 같아 내심 다행이라는 생각을 했던 것 같다. 큰언니는 몇 년 만에 만나는 막내동생 앞에서는 게 부끄러워 새 옷을 사 입었노라고 고백했다. 첫째 딸을 기다리느라 하세월 까만 재만 남았을 엄마 속을 생각하면 끓어오르는 화를 감출 길 없었지만, 그래도 새 옷을 차려입을 정신은 있었구나 싶어 마음을 누그러뜨리고 언니를 따라갔다.

카페가 아닌 컴컴한 모텔방에 도착했다. 습하고 어두운 공간, 피다 만 담배꽁초, 배달 음식이 담겨있던 그릇과 정리되지 않은 옷가지. 조금 전까지 누군가 집중했을 컴퓨터 게임이 켜진 화면을 타고 눈물만 그렁그렁 차올랐다. 언니는 인생을 함께 할 새로운 남자를 만났다고 했다. 돈을 벌 때까지 잠시 모텔방에 머무는 것이라 강조했다. 나는 태연한 척 고개를 끄덕였다. 게임을 하다가 알게 된 남자는 어떤 사람일까. 이제 우리 가족은 모두 재회할 수 있는 걸까. 여태 그래왔던 것처럼 이날 이후 한동안 큰언니의 소식을 아는 사람은 아무도 없었다. 홀연히 자취를 감춘 언니. 어린 동생의 기억 속 큰언니의 모습은 늘 안개처럼 희미했다.

큰언니가 내려왔다. 인천의 모텔방에서 본 남자가 아닌

또 다른 남자와 함께. 둘은 부모님께 무릎을 꿇고 잘 살겠노라 빌었다. 자식을 이길 부모가 어디 있겠는가. 입을 굳게 다물었던 아버지도 언니의 보금자리를 마련해주셨다. 엄마는 수시로 눈물을 보였지만 예전처럼 슬프게만 보이지 않았다.

막냇동생의 눈에는 부모의 주름살로 만든 돈을 덥석 받는 언니가 밉고도 애처로웠다. 제발, 이제 제발 자리를 잡아달라 언니에게 빌었다. 언니는 단칸방에서 첫째를 낳았다. 형부는 성실했지만 둘은 가난에 늘 허덕였다. 얼마 지나지 않아 둘째가 생겼고, 부모는 깨진 독에 물 붓기인 걸 알면서도 애처로운 큰딸을 외면하지 못했다.

그럴지언정 가족 모두 얼굴 보며 살 수 있음에 감사한 나날이었다. 이제라도 다 같이 모일 수 있으니, 맛있는 음식 나누며 웃을 수 있으니, 손주들 재롱에 부모님께서 흐뭇해하실 수 있으니 얼마나 기쁜 일인가. 남들은 다 만나는 명절에 우리 가족은 만나지 못하더라도 '그저 잘살고 있으면 됐다' 아버지의 한마디면 족했다. 내 나이 서른을 훌쩍 넘기고 우리는 청송으로 첫 가족여행을 떠났다. 식당 한편을 꽉 채우도록 든든했던 웃음소리. 한들거리는 코스모스처럼 엄마 입가에도 미소가 번졌다가는 지워졌다. 아버지의 술잔도 따라 웃었다.

푸르스름한 어느 저녁 퇴근길에 큰언니에게서 전화가 왔다. '놀라지 말고 들어' 첫마디가 싸늘했다. 한평생 불효만 저질렀는데 이 말을 또 어찌하냐고 악다구니를 쓰며 우는 언니다. 교모세포종이라는 낯선 단어가 언니 입에서 튀어나왔다. 악성 뇌종양. 왼쪽 손에 마비 증상이 점점 심해져 병원을 찾은 큰언니에게 사형선고가 내려졌다. 멈춘 차 안에서 내내 울기만 하다 무슨 정신으로 집까지 갔는지 도통 기억이 나질 않는다. 그렇게 1년. 언니에게 주어진 시간은 딱 거기까지였다. 모진 세월 이제 겨우 사람답게 산다며 부둥켜안은 때가 엊그제인데, 마흔다섯 언니는 미처 자리도 잡아보지 못한 채, 꽃다운 나이에 황급히 떠나버렸다.

잡초를 정리하다 말고 하늘을 올려다본다. 며칠 전 보도블록 사이 돋아난 이름 모를 풀이 눈에 아른거렸다. 거칠고 투박한 회색 지대에 다리를 뻗은 고운 생명이었다. 어디 몸을 붙일 곳이 없어서 뜨거운 땅바닥에 정착했을까. 뿌리를 내리지 못한 인생으로 기억되는 두 글자. 잡초. 서글프게 뽑혀 나간 뿌리를 보며 큰언니의 고단했던 삶을 짐작해볼 뿐이다.

그들 모두 주어진 자리에서 최선을 다하며 살아갔을

뿐이다. 그 어떤 생명도 이름 없이 뽑혀 사라지길 원했을 리 없고, 아무렇지 않게 밟히기를 원했을 리 만무하다. 큰언니를 떠올리면 안타깝고 애처로운 인생이라는 단어가 늘 앞섰다. 풀 한 포기 자라지 않는 황무지가 먼저 떠오르는 건 뿌리를 내리지 못했을 거라는 생각 때문이었다.

시 치료를 접했던 어느 날이다. 큰언니를 주제로 한 편의 시를 쓰게 되었다. 차가운 침대에 누워 눈만 끔뻑이던 언니 얼굴이 떠올라 가슴이 미어졌다. 언니가 어떤 인생을 살아왔을지 눈을 감고 하나 둘, 이미지로 떠올려봤다. 척박한 황무지에 서 있는 걸로만 보였던 언니가 촉촉하게 젖은 비옥한 토양을 일구기 위해 얼마나 애를 써왔을지 어렴풋하게나마 느껴졌다. 파란 물감을 푼 하늘에 나풀나풀 춤추는 나비가 되고 싶지 않았을까.

시를 쓰기 위해 떠올려 본 큰언니의 이미지는 나비와 같았다. 자유를 찾아, 행복을 찾아 떠났을 연약한 나비의 여행에 눈시울이 붉어졌다. 되돌려보니 유년 시절 큰언니와 같이 보낸 시간이 너무나 부족했다. 자매가 셋이면 기억할 만한 예쁜 추억이 얼마나 많았을까. 서로 옷을 입어보겠다고 싸우기도 했을 테고, 누가 더 좋아하나 연예인 이야기에도 열을 올렸겠지. 아마 서로의 비밀 일기장을 훔쳐보며 놀리는 일도 있었을 테지.

시를 통해, 심상을 통해 다시 만난 언니는 어여쁜 소녀였고 꿈이 많은 소녀였다. 어른이 되어 다시 만나 가엾은 존재로만 바라봤다면 느끼지 못했을 어린 언니 모습이다. 촉촉한 대지 위에 꿈 많은 소녀의 꽃이 피어나는 장면을 상상해보았다. 노란 나비 한 마리가 날아와 춤을 춘다. 잡초가 아닌 꽃으로, 꽃에 날아든 나비로 큰언니의 이미지가 바뀌었다. 머릿속에 그려진 이미지를 조심스레 건져와 한 편의 짧은 시를 썼다. 언니를 기리는 막내동생의 마음이 담긴 글이 완성됐다.

언니의 인생을 마냥 슬프게만 추억하지 않기로 한다. 큰언니는 문장 안에서 나비로 다시 태어났다. 비록 제 꿈을 다 펼쳐보지 못한 채 세상을 떠났지만, 지금은 그 어딘가에서 엄마를 만나 환한 웃음을 짓고 있을 거라고 믿는다. 더없이 소중한 두 존재가 아픔 없는 곳에서 편히 쉬기를 기도한다.

3장

쓰는 사람

간극과 질문

추운 겨울 이른 시간임에도 매번 자전거를 타고 상담을 받으러 오던 친구가 있었다. 강도 높은 우울감을 느낀다 호소했다. 주변 사람들과 비교했을 때 혼자만 뒤떨어지는 것 같단 생각에 무척이나 괴로워하고 있었다. 말주변이 좋고, 꽤 똑똑했으며, 되려 다른 사람들이 부러워할 만한 여러 장기를 가지고 있는 친구였다.

어릴 때까진 부모님과 학교의 기대를 온몸으로 받고 있었기에 자신감이 넘쳤었다고 한다. 별다른 노력을 들이지 않아도 대부분 성공적인 결과를 얻었다. 하지만 학년이 높아질수록, 취업 전선에 가까워질수록 실패경험이 자꾸 쌓여만 갔다. 반복되는 실패로 자존감이 바닥으로 떨어졌다. 마음이 얼어붙으니 행동이 굼뜨고, 해야 할 일을 넘긴 후에 후회하는 일을 반복하고 있었다. 아무것도 하고 싶지 않다고 했다. 예전 같았으면 저기 앞에서 다른 사람들의 시선을 받으며 만족감을 느꼈을 텐데, 지금은 따라가야 할 길이 너무 멀게 느껴져 현실에서 도망치고 싶은 마음만 가득하다 전했다.

그 친구는 자신의 상황이 마치 달리기 시합과 같다고 표현했다. 출발선이 그려진 곳에서 단 한 발짝도 움직이지 못한 상태가 바로 자신인데, 저기 멀리 달려가는 이를 부러워하고만 있다 보니 정작 해야 할 행동을 놓치고 있는 것 같다며 슬퍼했다.

종이를 한 장 꺼내 출발선을 긋고 본인과 타인의 거리를 한번 살펴보자 했다. 말이 아니라 눈으로 자신의 처지를 보는 시간이었다. 그림을 한참 응시하더니 비교 대상이 되는 사람들과 거리가 멀어지면 멀어질수록 고통의 무게는 늘어날 수밖에 없는 것이라며 자문자답했다. 어떻게 첫발을 움직일지 감을 잡아나갔다. 구태여 스스로 열등감을 증폭시킬 이유가 없었다. 찾아오는 불안과 비교의식을 내려놓기란 쉬운 일이 아니었지만, 할 수 있는 일부터 작은 경험을 차곡차곡 쌓아가는 걸로 방법을 변경했다.

남과 비교하기보다 스스로 세운 계획과 실천의 방향을

점검하기로 눈 돌리는 연습을 시작했다. 자신에게 도움이 되는 게 무엇일지 질문해가며 고민하는 시간 또한 가졌다. 원하는 걸 얻으려면 정직한 땀과 노력이 필요하다는 걸 자기 목소리로 답해가면서.

살아간다는 건 시간의 흐름을 타고 만들어진 여러 종류의 간극 즉 괴리를 줄여나가는 과정이라는 생각이 든다. 갓난쟁이일 때는 배가 고파 울면 엄마의 젖이 입에 들어와 안정감이라는 선물을 수시로 받을 수 있었다. 하지만 나이가 들어갈수록 울고 떼를 쓴다 해서 주어지는 것은 없었다. 목마르고, 갈망하고, 채워짐의 반복. 그사이 우리는 어른이 될 때까지 마음속 틈새를 키웠다.

벌어진 틈은 서로 점점 멀어졌다. 어떻게든 간극이 벌어지게 된 것이다. 보다 나은 미래를 찾아 떠난 여행길은 그리 순탄하지만은 않았다. 채우는 것 보다 잃는 게 더 많다고 느껴지는 날엔 어김없이 눈물이 쏟아졌다. 현실에서의 삶은 운다고 해서 자동으로 채워지는 조건 없는 사랑이 아니었기에 애처롭고 처절하기까지 한 성장 과정이다.

한창 바쁘게 일하고 배워나갈 때 첫째를 임신했다. 기

쁨과 동시에 걱정이 들었다. 출산과 육아 전쟁을 치르고 있는 선배들의 고초를 이미 옆에서 지켜봤기에 덜컥 겁이 났다. 태어날 아기가 엄마를 닮았을까, 아빠를 닮았을까. 남편과 함께 즐거운 상상을 나누다가도 양육이라는 현실 문제를 어떻게 풀어나갈지 고민의 연속이었다. 임신한 해에 박사과정까지 시작한 터라 쉽지 않은 길이 예상되었다. 하지만 출산 이후의 시간은 예상했던 것보다 훨씬 더 험난하게 느껴졌다. 아이의 밝은 미소 한 방이면 피로가 풀리는 듯하면서도 결국 육아와 살림 그리고 학업은 녹록하지 않은 현실이었다. 나라는 사람의 삶의 시계와 주부로서 엄마로서 아내로서 삶의 시계는 서로 따로 노는 것 같아 조바심이 났다. 잘하려면 할수록 피로와 괴리는 정비례했다. 동료들이 업무적으로 학업적으로 앞서나갈 땐 축하를 보내는 한편 부러움에 위축됐다.

그런데 이제는 한참 시간이 흘러 육아 전쟁을 치르는 후배들이 부러워하는 처지가 되었다. 적어도 아이가 혼자 집에 있어도 큰 걱정 없이 일을 할 수 있게 된 것만으로 성공인 셈이다. 스스로 밥만 먹을 수 있으면 좋겠다고 바랐던 아이는 훌쩍 커서 내년이면 중학생이다. 힘들다는 말을 달고 살았지만 두 아이를 낳아 소소한 행복이 담긴 사진첩이 한가득 쌓였다. 물론 사춘기를 지날 아이들과 부딪힘이 있을 거다. 독립을 향해가는 자녀를 바라보며 여러 근심과 걱정이 될 날 또한 찾아올 것이다. 지금도 마찬가지로 더 나은 누군가를 올려다보며 부러움을 느낄 날도 있을 거다.

하지만 아등바등하던 지난날과 달라진 게 있다면 세상의 여러 일이 내 마음처럼 순순히 흘러가지 않는다는 걸 어느 정도 유연하게 바라볼 수 있는 시각이 생겼다는 점이다. 때로는 기다리고, 멈춰선 지점에서 배우는 게 있다는 걸 말이다. 건강을 잃고 직장을 그만두겠다고 결심했을 때 경력이 끊길 수 있다는 염려가 가장 컸다. 이때 존경하는 교수님의 말씀에 큰 위로를 받았다.

"어찌 불편한 감정이 뒤따르지 않겠나, 쾌감 뒤엔 고통이 따르는 법."

쉬면서 오히려 실력을 키울 수 있으니 든든하겠다는 말씀이셨다. 삶으로부터 배운 깨달음에 크게 기뻐할 날 또한 올 테니 괴리로 인한 고통 또한 기꺼이 맞이하라는 뜻으로 받아들였다. 창문으로 새어 들어오는 바람 한 점에 미세한 균열이 생기는 날이 있다. 춥고, 아프다. 하지만 그것이 무엇인지 응시할 수 있는 눈이 있다면 그리 두려워할 일이 아니라 여겨졌다. 오히려 자신감이 생겼다. 마음속 저울에 균형이 맞지 않더라도 버텨낼 새로운 힘을 마련한 듯했다. 단순하고도 명쾌한 답변으로 얻은 지혜다.

교수님을 뵙고 온 날 밤, 할 수 없는 게 무엇인지 묻는 게 아니라 무엇을 할 수 있는지 질문해가며 하나둘 써나갔다. 자신에게 질문이 없는 삶은 공허하다. 세상이 가라 하는 대로, 남이 원하는 대로 살아갈지도 모른다. 간극으로 생긴 괴리감에 갇혀 있는 나를 탈출시킬 열쇠는 현재 내가 던지는 질문 속에 들어있다. 조용히 글을 쓰며 나를 만나는 시간은 삶에 필요한 질문을 떠올리는 시간이었다.

글쓰기는 속을 파고드는 속성을 가졌다. 불분명한 것들을 막연하게 펼쳐놓지 않는다. 오히려 뚫고 들어가는 힘을 가졌다. 질문과 쓰기를 반복할수록 삶의 뿌리는 튼튼해진다. 가끔은 바로 답할 수 없는 큰 질문이 찾아오기도 한다. 그럴 땐 시간을 두고 물음표를 조심스레 해체

하면 된다. 또한 묻는 것에만 그치지 않고 행동으로 옮길 때 글이 빛을 발한다. 생각을 꺼내어 기록하고 실천하는 삶은 역동적이다. 어디서부터 글을 써도 관계없다. 어디에다 써도 상관없다.

질문을 따라 생각을 드러내는 일은 단순한 정리를 뛰어넘는다. 질문은 현재의 위치가 어디인지를 알려주고, 무엇을 원하며, 앞으로 어떻게 해야 할지 보여주는 지침이 된다. 감정이 흘러넘쳐 마구 쏟아내는 쓰기의 시간과는 성격이 또 다르다.

머릿속이 복잡해서 청소가 필요하거나 무언가 결정짓지 못할 때는 생각으로 생각을 정리할 게 아니라, 객관적으로 자신을 관찰해볼 수 있게끔 질문을 던지고 시각화하는 것이 효과적이다. 찬찬히 질문을 따라가며 글을 쓰다 보면 막힌 지점이 보인다. 넘어야 할 산도 보이고, 마음이 원하는 길을 어렴풋이나마 만나게 된다. 경험하는 괴리가 크면 클수록 고통 또한 클 수밖에 없다. 결국 스스로 던진 질문이 마음속 저울의 기울기를 조절한다.

아는 것과 쓰는 것

"천 원 지폐를 그려보세요"

다소 당황스러운 요청을 받았다. 천 원 지폐라…. 자주 보고, 자주 만지는 물건이건만 어떻게 생겼는지 도통 떠오르지 않았다. 반듯한 직사각형, 분홍을 띤 자줏빛 종이. 천 원이 숫자로 쓰여 있었던가, 한글로 적혀 있었나. 어딘가 반짝이는 부분이 있었던 것 같은데. 퇴계 이황 선생의 수염과 눈빛만 어렴풋하게 느껴질 뿐이었다. 눈을 감고 천 원을 떠올렸으나 사각거리던 질감만 남아 있을 뿐 전혀 기억나지 않았다. 익숙하게 사용하는 물건임에 틀림이 없는데 어떻게 하나도 생각나질 않는지 당황스럽기만 했다. 자연물 그리기 첫 수업 시간의 일이었다. 그림을 배우고 싶다는 어릴 적 소망을 이룬 첫날에 당황스러움을 먼저 만났다.

일단 사각형부터 그려놓고 고민하기로 했다. 대충 크기가 이만큼이면 되겠지 하면서 어림짐작으로 직사각형을 그렸다. 반듯하게 그릴 생각을 미처 하지 못하고, 과감하게 선을 그었다. 조금 비뚤어진 것 같았지만 계속 이어나가기로 했다. 다음은 도통 생각나지 않는다. 한참 머뭇거리다 오른쪽 밑에 수염이 난 인물을 그리기 시작했다. 수염의 길이가 어디까지였는지 난감하다. 앞에 앉은 사람도 옆에 앉은 사람도 황당하기는 마찬가지인지 한숨을 내쉰다. 금액이 한글로 적혀 있던 게 분명했는데, 가운데쯤 '천 원'을 글자로 썼다. 슬쩍 주위를 둘러보니 나와 반대로 인물을 그린 이가 있고, 금액을 쓴 위치가 다들 제각각이다. 아. 천 원 지폐는 도대체 어떻게 생긴 것일까. 답답함이 최고조에 달했을 때 강사는 지폐를 꺼내 실제로 보고 따라 그려보라며 두 번째 과제를 주었다.

수강생들은 모두 지폐를 꺼내 들고선 웃기 바빴다. 과연 우리가 알고 있던 지폐를 그린 게 맞는지 비교해가며 깔깔거렸다. 나 또한 예상치 못한 충격에 웃느라 두 번째 그림을 그리지 못하고 있었다. 이번에 천 원을 제대로 탐

구할 시간이다. 바스락거리는 작은 지폐 한 장에는 인물과 꽃, 건물이 섬세하게 그려져 있었고 일련번호 등의 정보가 빼곡했다. 인물은 퇴계 이황, 꽃은 매화, 성균관의 명륜관을 비롯해 한국은행이라는 마크, 한글로 적힌 천 원과 아라비아숫자 1000이 눈에 들어왔다. 자세히 들여다보면 볼수록 배치와 구도가 조화롭고 신비로웠다. 어디든 물건을 사러 갈 때마다, 아이들 일주일 용돈을 줄 때마다 수시로 꺼내 보았던 지폐인데 그 생김새를 이제야 제대로 알다니. 하지만 다음번에 또 보지 않고 그리라고 해도 자신 있게 그리기는 어려울 것 같다.

'그동안 안다고 생각했던 게 아는 것이 아니었구나!'

첫 수업에서 배운 점이다. 잘 안다고 착각하며 살아갈 뿐 진정 제대로 알지 못하는 게 수두룩 하다는 걸 깨우친 자리다. 새로운 깨달음이 천 원을 그리는 내내 신선한 충격으로 다가왔다. 눈앞에 딱 떨어지는 지폐 한 장이 그러한데, 나라는 사람은 어떠한가. 또 너라는 사람은 어떠한가. 이 세상에서 자신을 가장 잘 아는 사람이 자기 자신이라 하지만 사실 모를 때가 많다. 가족 또한 마찬가지다. 제일 가까운 곳에서 남편, 아내, 자녀, 부모를 보지만

한 길 사람 속을 모르는 때가 천지다. 직접 경험하고 꺼내어 놓고 세세하게 어루만져 보지 않는다면 우리는 영영 아무것도 알지 못한 채 안다는 착각으로 살아갈지도 모르겠다. 강사가 나누어준 유인물 첫 장에 적힌 문장이 눈에 들어왔다.

나는 깨달았다. 그려보지 않고는 진정으로 볼 수 없다는 사실을

연필 명상으로 유명한 프레데릭 프랭크의 말이다. 스쳐 지나온 풍경, 늘 먹는 음식, 곳곳에 보이는 익숙한 물건들, 하루에도 여러 차례 스쳐 지나가는 풍경이 무수하다. 어디 풍경뿐인가. 수많은 생각과 느낌들이 나타났다 사라진다. 밖으로 꺼내와 문자로 내어놓고 다듬어 나가지 않으면 뿌옇게 뭉쳐진 안개처럼 나타났다가 금방 사라지기 마련이다. 여운만 남아 있을 뿐 실체가 없어지게 된다. 장면이 바뀌면 그 여운마저 이내 곧 사라지고 만다. '아, 그랬었지' 하며 지나가는 바람이 되고 만다. 분명 나의 것인데, 지나가 버린 손님이 되는 것이다. 뜬구름이 되어 떠난 것을 다시 떠올리기란 쉽지 않다. 그림을 그린다는 것은 그려볼 대상에 깊이 빠져본다는 것이다. 구도,

색깔, 그림자, 명암, 채도. 세세하게 살피고 느껴보고, 만져봐야 그나마 실체에 가까워질 수 있다.

마음에 귀를 기울일 때 요구되는 자세 중 하나가 '모름의 태도'이다. 상대방에 관해 아무것도 모른다는 태도는 귀 기울일 준비가 되었다는 신호로 작용한다. 기꺼이 듣고자 하는 자세, 진정으로 마음을 열고 받아들이겠다는 의지이다. 말하는 이를 존중하는 마음이며 두 사람의 관계가 평등함을 알리는 신호이다. 또한 진솔한 대화의 장이 열린다는 의미이자 협력이 필요하다는 뜻이다. 그래야 무궁무진한 이야깃거리가 순탄하게 열릴 수 있음이다. 안다고 여긴 순간 실수할 가능성이 크다. 아무리 공감을 잘했다 하더라도 두 사람이 세상을 바라보는 해석의 틀은 다르기 때문이다.

하루에도 수십 번 변하는 자기 마음도 알아차리기 어려운데, 상대가 말하는 것을 온전하게 이해했다고 하는 게 과연 쉬운 일일까. 그렇지 않다. 그래서 모름의 자세를 취하는 일은 마음 읽기에 꼭 필요한 일이다. 부모가 자녀와 갈등을 해결할 때도 자식 생각을 부모가 모두 안다고 규정해버리는 순간 협상이 결렬될 때가 대부분이지 않던가. 진정으로 알아간다는 건 모든 가능성을 열어 놓고, 앎을 구하는 행위로부터 출발한다.

글쓰기도 마찬가지다. 그림을 그리듯 정성스럽게 들여다보고 매만지는 작업이 필요하다. 대충 떠오르는 막연한 대상이 아니라 구체적이고 명확한 내용을 끄집어낼 수 있어야 한다. 글을 적다 보면 실타래에 엮어지듯 떠오르는 심상과 이야깃거리가 있다. 미처 몰랐던 당시의 느낌과 행동, 장면, 상대방의 표정. 숨겨왔던 생각. 천 원 지폐 그리기 연습에 이 모든 과정의 의미가 숨어있었다니 놀랍다. 자세히 보면 볼수록, 자세히 쓰면 쓸수록 내가 몰랐던 나를 만나게 된다. 구체적으로 그려져야 그것이 무엇인지, 어떻게 생겼는지 제대로 알 수 있게 된다. 짐작이 아니라, 직접 써봐야 말하고 싶은 내용이 구체화 된다. 그 안에 무엇이 들었는지 아무도 모르기에 설레면서 긴장감마저 느껴지는 게 글쓰기다. 프레데릭 프랭크의 문장을 이렇게 바꾸어 말하고 싶다.

나는 깨달았다. 써보지 않고는 진정으로 나를 만날 수 없다는 사실을

갓 지은 밥

❀

냉장고가 텅 비었다. 어떤 요리를 만들지 별생각 없이 늦은 오후 큰 장바구니를 챙겨 들고 마트를 갔다. 팽이버섯이 세 묶음에 천 원이다. 둘째가 잘 먹는 버섯이라 얼른 카트에 실었다. 지난주까지 금배추였던 알배기 배추 가격이 내렸다. 나박김치를 담그면 어떨까 또 하나 담았다. 김치를 담그려 하니 홍고추, 청고추가 필요하다. 깐마늘도 사야 한다.

일이 커졌네 하면서도 텅 빈 냉장고를 떠올리니 뭐라도 더 사놓아야 할 것 같았다. 배가 고플 땐 장을 보면 안 된다고 했는데, 먹고 싶은 게 늘어나다 보니 결국 장바구니가 꽉 찼다. 저녁에는 오징어 넣은 부침개를 구워야겠다 마음먹고 부추 한 단과 오징어 두 마리를 더 넣었다.

신이 나서 장을 볼 때와 달리 집에서 장바구니를 열고 나서부터는 후회가 밀려왔다. 나박김치를 담그려면 배추부터 씻어 소금에 절여야 하는데 시작도 전에 지친다. 배추가 절여지는 동안 팽이버섯을 볶고, 가지를 찌고, 김치 양념을 준비했다. 벌써 시간이 한참 지나있다. 저녁 먹을 때가 다 되어 간다. 부추전은 포기하고 오징어만 얼른 데쳐 초장에 찍어 먹기로 노선을 변경했다. 얼추 식사 시간에 맞춰 몇 가지 음식이 준비되었다. 이날 이후 채소 칸에 들어간 부추는 까맣게 잊고 지냈더랬다. 며칠 뒤 부추전이 생각나 냉장고를 열었지만, 부추는 끝이 다 물러진 채 발견됐다.

불현듯 쓸 글이 생각났다가 '나중에 적어야지' 하며 미뤄둘 때가 있다. 바로 글로 쓸 상황이 여의치 않을 땐 핸드폰을 열어 메모장에 기록해둔다. 당시의 상황, 생각, 느낌, 꼭 기록할 정보들. 될 수 있는 한 감흥이 사라지기 전에 최대한 빨리 문장으로 옮기는 편이지만, 미뤄두는 글을 다시 볼 땐 느낌이 똑같지 않다. 하루를 넘긴 후에는 메시지들이 점차 창에서 밀려 올라간다. 당시 적었던 단어의 생생함은 이미 사라진 지 오래다. 순식간에 퉁퉁 불어버린 자장면처럼 맛이 없다. 누군가에게 제때 건네지 못했던 사과의 말 같다. 냉장고에서 오래 묵혀 물러버린 부추처럼 쓸모없다. 이처럼 하루 동안 무수한 메시지가 스쳐 지나간다.

그때 그 순간만이 전달해주는 생생함이 있다. 팔딱거리는 생선처럼 힘찬 생명력이다. 똑같이 화가 나는 상황이라도 때에 따라 떨림의 강도가 다르다. 치밀어 오르는 답답함이 다르고, 분출하고 싶은 뜨거운 기운이 다르다. 곧 쏟아내려 준비했던 단어와 문장들도 시간이 지나면 김빠진 사이다로 변한다. 생생하다는 걸 마음을 다루는 작업으로 바꾸어 말하자면 '즉시성'이라 한다. 지금 알아차리게 된 것, 이 순간 다루고 싶은 것, 지금 발현된 것이다. 이미 지나간 게 아니라 지금 떠오른 내용에 초점을 둬 풀어내야 함을 강조한다. 흐르는 마음과 순간순간 접촉하는 과정이다.

흘러가는 물처럼 마음은 매 순간 같은 것이 없다. 생각과 감정의 덩어리가 모여 정서라 불리며 정체된 것처럼 느껴지지만, 그 속을 들여다보면 각기 다른 감정과 생각이 숨어있다. 그 강도와 무게 또한 모두 다르며, 붙여진 이름표도 다르다. 똑같은 슬픔, 똑같은 기쁨이 없음이다. 촉발되는 상황이 다르고, 관계되는 사람과 장소 모두 다르게 작용한다. 그 순간 흘러가는 물이 유일한 물이듯, 그 순간 담기는 느낌과 생각 또한 그 장면에서는 유일함이 된다. 그러나 우리네 감정은 물처럼 유연하지는 못하다. 흘러가지 못하고 내내 남아 가슴을 할퀼 때가 있다. 부푼 풍선처럼 떠돌다가 예기치 못한 순간에 터져버리곤 한다.

이른 봄부터 차가운 바람이 불 때까지 해가 질 무렵이면 집 앞 공원 트랙을 돌러 나갔다. 헐렁한 티셔츠, 허리가 고무줄로 된 반바지, 흰색 운동화와 마스크. 자줏빛 푹신한 트랙을 돌다 보면 마스크 속으로 불어 들어오는 한 줄기 바람이 고맙고, 푸르스름하게 변해가는 하늘이 평온함을 채워주는 것 같아 가슴이 벅차올랐다. 오직 혼자만 꺼내먹는 즐거움이다. 킥보드를 타는 꼬맹이들, 세발자전거 연습에 한창인 아이들과 뒤를 따르는 부모의 따스한 눈빛, 손을 잡고 걸어가는 커플, 곧 태어날 아기를 기다리며 뒤뚱뒤뚱 걷는 산모, 수다가 끊이지 않는 아주머니들. 곁을 지날 때면 들리는 대화의 거의 모든 주제는 우리가 살아가는 모습 그 자체다.

매일 마주치는 고요한 풍경에는 각기 다른 삶의 장면이 들어있다. 멀리서 바라보면 멈춘 듯 고요해 보이는 공원이지만, 가까이 들여다보면 제각각 주인공인 이야기들이다. 같은 자리를 흘러가는 물줄기일지라도 단 한 번도 똑같은 물일 수는 없는 것처럼, 우리의 하루는 단 한 번도 같은 날이었던 적은 없었다.

물속에 담긴 '생생한 이야기'를 건져내는 작업 중 내가 가장 즐겨하는 일이 글쓰기다. 쓰기를 통해 선명하고 구체화 된 것들은 의식 속에 저장되어 삶을 이끌어가는 동력이 되어 줌을 굳게 믿고 있기 때문이다. 사소한 일상의 한 조각이 때로는 큰 울림을 선물한다. 늘 찾는 공원의 풍경에서도 발견할 수 있는 것처럼. 작은 감정 한오라기라도 이름표가 붙으면 하나의 또렷한 글의 씨앗이 된다.

흐르는 물처럼 변화를 받아들이면서 유연하게 살아내기 위해서는 스쳐 지나가는 삶의 장면을 있는 그대로 포착할 수 있어야 한다. 다른 말로 표현하자면 생생하게 경험한다는 의미다. 물이 흐르는 모습을 멀리서 관망만 하는 게 아니라, 시시각각 달라지는 물의 변화를 조망하는 눈을 떠야 한다. 순간에 경험하는 바를 낚시하듯 바로 건져내어 양념을 보태지 않고 그대로 버무리는 일이다. 지나고 나면 금방 '묵은 것'으로 변해버린다. 다시 그 속에 담긴 의미를 찾아내려 하면 할수록 애가 쓰인다. 곧장 무의식의 창고로 들어가 숨바꼭질 선수가 되어 얄밉게 군다.

중요한 사건, 상황일수록 급하게 흘려보내지 않고 천천히, 여러 각도로 점검해봐야 할 게 대부분이다. 흘러가는 물이 편안하게 느껴지고, 부대끼지 않게 수용이 되려면 그 순간이 내게 무슨 말을 건네는지 색안경을 벗고 알아차리는 노력이 필요하다.

해결되지 않은 채 묻혀 있다가 지금에서야 떠올랐는데, 적절하게 다루어주지 않으면 금방 밑으로 숨어 버린다. 아쉬움이 덕지덕지 붙은 채 불만족스럽다. 떠오르는 모든 생각과 감정을 즉각적으로 다룰 수는 없겠지만, 웬만하면 하루를 넘기지 않고 취침 전 짧은 문장이라도 정리해보면 한결 가벼운 기분이 든다. 즐거운 일이건, 속상한 일이건 그 당시만큼 분명한 메시지를 전하는 이야기가 없을 것이기 때문이다.

작은 문장이 또 하나의 단서가 되어 새로운 이야기를 엮어내기도 한다. 솔직함의 돗자리가 펼쳐지면 기다렸다는 듯 다음 이야기가 술술 나올 거다. 일상 곳곳 이야깃거리가 가득하다. 흘러가는 하루의 이야기 중 어떤 내용을 주인공으로 삼을 것인가.

갓 지은 밥이 가장 촉촉하다. 적당한 물기와 찰기. 호호 불어가며 먹는 재미까지. 그냥 밥이 아니라 GOD 밥이다. 포슬포슬 갓 지어낸 밥이 허기진 배에 기운을 채워주는 것과 같이 솔직담백한 일상의 글은 생생함 그 자체만으로도 허해진 마음을 달랜다.

살아 숨 쉬는 이야기는 충만하다. 그 에너지로 유연한 시선을 유지하며 하루를 다듬는다. 매일 우리 몸을 세워주는 따끈한 밥처럼 그때마다 만나는 일상의 문장이 지금 순간을 살아가는 영양제가 된다.

가면을 벗고

'내 속엔 내가 너무도 많아서, 당신의 쉴 곳 없네'

리메이크곡으로 발표되자마자 엄청난 사랑을 받은 노래의 도입부다. 시적인 가사와 잔잔한 멜로디가 장기간 많은 이들의 마음을 사로잡았던 것으로 기억한다. 짧은 문장이지만 내 속에 내가 너무 많다는 말은 공감을 불러일으키기에 충분했다. 하루에도 수십 번 바뀌는 생각, 다양하게 마주치는 욕구, 하나의 이미지로 불리기 어려운 자아, 사회적 역할, 주어진 책무, 나만 아는 자신의 모습, 원하는 것과 참아야 하는 것, 인정받고 싶은 것. 딱히 하나로 규정하기 어려운 내 속의 무언가. 이 노래에서는 그것을 무성한 가시나무라 비유했고, 바람이 불 때마다 메마른 가지가 부대끼는 아픔을 음악으로 표현해냈다.

우리가 익히 알고 있는 '페르소나'라는 단어가 떠오르는 노래다. 페르소나는 정신과 의사이자 심리학자인 칼 융이 말한 대표적인 용어로 가면을 쓰고 살아가는 모습을 빗댈 때 자주 언급되고 있다. 가정에서의 역할, 직장에서의 위치, 친구 또는 연인과의 관계 등 상황에 따라 그에 맞는 가면을 쓰게 되는데 그것이 바로 페르소나라 불린다. 쉽게 말해 밖으로 보이는 모습이다. 페르소나가 있기에 적절하게 사회적인 소통을 할 수 있음은 분명하다. 하지만 가면을 너무 오래 쓰고 있다 보면 마음속 그림자는 더욱 짙어지고, 노랫말처럼 가지가 부대껴 외롭고 외로운 시간을 보내게 된다. 내 속의 참된 목소리와 바깥의 목소리가 불협화음을 낼수록 경험하는 내적 갈등은 깊어질 수밖에 없다.

타인과 갈등이 생겼을 때 대상이 가까운 사람일수록 억울하고 가슴이 쓰리다. 원망스럽고, 비난하고픈 마음이 올라온다. 하지만 괜찮은 사람으로 보이고 싶은 가면은 불편한 감정을 포장한다. 반대로 센 척하는 경우도 마찬가지다. 포장된 마음은 둘 다 건강한 방법으로 소통하지 못하게 막는다. 결국 공격의 방향이 바뀌어 자신에게 죄책감과 후회를 던지고선 아무도 모르게 혼자 털썩 주저앉는다. 마음의 매듭이 꼬이면서 가면이 두꺼워진다. 이뿐 아니라 역할을 해내느라 과도한 책임을 지는 일, 속마음과 다르게 동의하는 일, 좋은 척하기 등, 다양한 장면에서 '너무도 많은 나'가 작동한다.

엉켜버린 매듭은 결국 자기 손으로 풀어야 할 때가 찾아온다. 분명 상황이나 타인이 준 영향이 있을 테지만 초점은 자신에게 둬야 할 일이다. 가면 속에 짙어지는 그림자를 거두어 내려면 '많은 나' 중에서 가장 앞에 서서 말을 걸어오는 나와 대화하는 것부터 시작이다. 자주 들리는 내면의 목소리와 말이다. 아마도 그것은 불편하고 까칠한 외침으로 나타날 경우가 많을 것이다. 파괴적이거나 울적한 신호로 버튼을 누를 수도 있다. 가면을 쓰느라 허비한 에너지를 안으로 돌릴 때 진실한 대화가 가능하다.

글을 쓰다 보면 미처 몰랐던 속마음을 발견할 때가 있다. 처음부터 의도한 바는 아니지만, 문장을 따라가다 보면 처음에 쓰고자 했던 것과 달리 새롭게 짚이는 게 있다. 가면을 쓰고 살아가느라 지쳤던 자기를 인정하고, 그 안에 담긴 메시지와 성실하게 소통할 때 포장으로 덮인 나를 찾을 수 있음이다.

최근 인터넷에서 쓰기에 열심인 이들을 본다. 나 또한 다르지 않다. 주부로서 역할을 뒤로 하고, 부모로서 무게를 내려놓고, 사회적 위치에서 벗어나 자기를 찾고 싶은 사람들. 쓰고 싶은 마음은 이러한 지점에서부터 출발하는 게 아닐까. 가면 속에 숨은 나 찾기. 갈구하는 목소리 뱉어내기. 찾고 싶던 삶의 지혜를 만나기. 이게 시작인 셈이다. 글을 쓰는 이가 점점 많아지고 있다고 하니 다행이다. 쓰고, 읽는 선순환이 이루어지면 독서 인구 또한 점점 늘어나리라. 좋은 책을 만나는 일은 쓰기만큼이나 마음을 만나는 데 효과적이다. 다양한 문장을 통해 자기와 닿는 지점이 생기는 법이다. 읽다 보면 자연스레 쓰고 싶은 욕구로 이어진다. 가면을 벗기는 데 글쓰기와 독서는 실과 바늘 같다.

헤르만 헤세의 문장을 빌려 표현하자면 '그대가 오랫동안 책 속에 파묻혀 구하던 지혜'는 다른 곳에 있지 않았다. '그대가 찾던 빛은 그대 자신 속에 깃들어 있으니' 꺼내어 쓰면 된다. '펼치는 곳마다 환히 빛나니' 얼마나 아름다운 일인가. 자기 안에 있던 걸 비로소 만나는 일. 마음 이면의 메시지를 읽을 수 있는 자는 바로 자기 자신이기 때문이다. 지혜는 다시 삶의 문장으로 태어난다. 자기

실현으로 가는 과정에 쓰기라는 도구가 있다.

쓰기는 여러 기능이 총동원된 고차원적인 결과물이다. 부단한 읽기, 통합적 사고, 성찰적 자세, 삶의 온갖 방편이 망라한 작업으로 이해된다. 그래서 단번에 유려한 글이 나오지 않는다. 적당한 단어를 적재적소에 사용할 수 있어야 한다. 문장 배열이 매끄러워야 한다. 적절한 조사도 써야 한다. 시제까지 맞아야 한다. 전달력 또한 필수다. 결과적으로 쉽지 않다. 그러함에도 쓰고 싶은 이들이 점점 느는 것은 자기를 찾는 통로이자 삶의 깊이를 더할 수 있는 매력적인 작업이 글쓰기이기 때문일 것이다.

쓰는 일은 삶과 닿아 있기에 끊임없이 내면과 조율을 시도하는 중이라 할 수 있겠다. 그런데 가면이 두꺼울수록 깊이 있는 대화를 나누기 어렵다. 조금씩 두께를 걷어내며 안을 봐야 하는데 방해하는 목소리가 만만찮다. 종래엔 비워낼 때 껴안을 수 있다. 건강한 사람은 비교적 겉과 속이 일치하는 사람이다. 말과 글이 하나의 방향으로 이어질 수만 있다면 허황한 생각과 느낌이 담긴 가면은 빠르게 벗겨질 수 있다. 여러 문장이 중심을 잡아주며 삶을 조율한다. 책에서 얻은 인생 조언이 유용하게 작용하겠지만, 성장의 씨앗을 꿈틀거리게 하는 문장을 직접 적는다면 훨씬 가치 있으리라.

적어도 자전적 글쓰기, 나의 마음을 치유하는 글쓰기라면 잘 써야지 하는 부담을 내려놓고 시작했으면 좋겠다. 꾸밈이 없어야 담담하게 쓸 수 있다. 목표를 정해놓고 숙제하듯 한다면 효과는 금세 떨어진다. 루틴을 만들어 부지런히 쓰는 활동은 분명 쓰기 실력을 탄탄하게 해 줄 것임이 틀림없지만, 본질에서 벗어나 잘 써야 한다는 압박감에 눌리는 순간 즐거움보다는 스트레스에 시달리는 결과를 맞는다. 해야 할 일로 변하면서 짐스럽다.

쓰지 않은 하루가 있다고 해서 죄책감을 느낄 필요는 없다. 매일 힘겹게 쓰지 않아도 좋으니 편안한 때에 편안한 공간에서 자기를 자주 만나는 시간을 즐기는 게 좋겠다. 굳은살이 생기며 자연스러워진다. 여기서 중요한 건 진솔하게 그리고 꾸준하게 쓰는 것이다. 비단 글쓰기가 아니라 하더라도 바쁜 일상 속에서 자신을 만나기 위한 연습을 게을리 않는다면 가면으로 인해 생긴 상처는 덜할 테니까.

내 속에 나를 찾는 일, 글쓰기. 잃어버린 것을 찾기 위한 여정일 수 있고 가지고 있는 것을 다듬기 위한 여정일 수도 있다. 어찌 되었든 진실한 만남을 추구한다는 점에서 매력적인 일이다. 진실한 만남은 어디서 이루어지는가. 머리와 가슴으로 이어지는 길이 가장 멀고도 험난한 일이라 하건만, 우리는 그 만남의 현장을 위해 끊임없이 성찰하고 기록한다. 내면의 목소리가 들려주는 진실을 용감하게 마주하고 왜곡되지 않게 글로 신는 작업. 그것은 어떠한 결과물로 만들어짐의 여부를 떠나 자신의 언어를 명료하게 해 줄 뿐 아니라 삶을 건강하게 가꾸어 나가는 일이다.

자신의 어둠을 함부로 타인을 향해, 세상을 향해 던지는 일이 없으면 좋겠다. 가면의 무게에 짓눌려 후회할 일 또한 만들지 않으면 좋겠다. 타성에 젖은 가면은 두꺼울 뿐 아니라 무게 또한 만만찮다. 모르는 사이에 빠른 속도로 내 속의 또 다른 나를 생산한다. 노래 가사와 같이 '이길 수 없는 슬픔'으로 두지 말고, 헤세의 말처럼 '그대의 빛나는 그것'을 찾을 수 있기를.

아이의 눈으로

✿

넓적한 어묵을 길게 잘라 우동에 넣으면 일명 '우뎅탕'이 완성된다. 우동과 오뎅(어묵)의 만남이 두 남매의 입맛을 사로잡았다. 우뎅탕이라는 이름은 아이들이 직접 지은 것이다. 저녁 준비를 하기 귀찮았던 어느 날 우연히 시도했던 요리가 대단히 만족스러운 작품을 만들어냈다. 다음엔 오징어 두 마리가 퐁당 들어가니 국물 맛이 한층 업그레이드되었다. 때론 두부를 썰어 넣기도 한다. 불호가 없는 든든한 식탁이 차려졌다.

다들 바삐 먹느라 여념이 없는데 둘째는 젓가락을 하나 더 들고 와 어묵을 하나씩 끼우고 있다. 장난치지 말고 얼른 먹어라, 중저음 핀잔에도 아랑곳하지 않는다.

기다란 어묵 꼬치를 그윽하게 바라보는 눈. 잠시 감상

하는 듯하더니 '바로 이거야!'를 외치며 허겁지겁 다 식어버린 어묵을 입속으로 밀어 넣는다. 한 가닥씩 고이 접어 꼬치를 만든 시간에 비하면 먹는 건 순식간이다. 저만큼 신이 날까. 얼른 먹어라, 잔소리가 튀어나오려다 말고 웃음이 먼저 새어 나왔다. 어느새 '또 만들어야지' 2차 주문에 들어갔다.

둘째가 앉은 자리에는 어묵에서 떨어진 국물이 흥건하다. 가슴팍도 흥건히 젖어 있다. 장난치지 말란 말을 다시 꺼내기엔 아이의 표정이 너무 진지하다. 올라간 입꼬리, 벌렁거리는 콧구멍. 콧잔등까지 안경이 흘렀지만 올릴 여가가 없는 초집중 얼굴이다.

맛있게 먹는 법

맛있게 사는 삶

한 끗 차이임을 눈앞 광경으로 확인한다. 자신이 좋아하는 것이 무엇인지 알고, 짧은 순간에도 충분히 누리고자 하는 일종의 노력 또는 몰입. 비단 식사하는 순간에만 그치는 이야기가 아닐 테다. 신이 난 아이 얼굴을 물끄러미 바라보고 있자니 잠시 잊고 지낸 내 안의 아이가 똑똑 노크를 해오는 것 같다.

동심이라 불리는 그것. 무구하게 세상을 바라보는 맑은 눈. 순수한 열정이 전해주는 삶의 재미가 어디로 깊이 숨었는지 아련하게 느껴지기만 할 뿐이다. 오늘따라 어묵꼬치 하나가 이렇게 위대해 보일 수 없다.

'장난치지 마라, 자세를 바로 해라, 규칙을 따라라' 어른의 목소리를 삼키며 어느덧 진짜 어른이라 불리는 나이가 되었다. 세상의 많은 규칙과 질서를 익혀가며 순진무구한 시선의 끝자락에는 눈치라는 것이 자리 잡았다. 삶의 어느 순간에 무엇이 작동했고, 선택했느냐에 따라 취하는 기쁨이 달라진다. 작은 어묵 하나에도 야무지게 행복을 찾는 모습이 부럽게 느껴지는 건 왜인지. 굳이 동심을 운운하지 않더라도 지금 순간을 즐기는 아이의 놀이 한 장면이 잊힌 무언가를 찾아보라 알려주는 것만 같다. 아이의 시선을 따라 세상을 바라보니 새롭고, 흥미롭다.

비 오는 날 아이와 외출 준비를 했다.

"엄마, 나는 비가 좋기도 하고 싫기도 해. 바닥에 떨어지는 빗물은 예쁘고, 다리에 묻는 건 별로야. 그런데 엄마, 나는 신호등을 보면 과일 생각이 나. 엄마, 엄마, 나는……."

빗소리와 종알종알 아이의 수다는 한데 어울려 흐린 공기를 흐뭇하게 감싼다. 어른이 된 나는 비가 오면 당연히 차를 타고 움직인다. 하지만 아이는 비가 오면 첨벙첨벙 발로 물장구를 치고 싶어 한다.

차 키를 꺼내 들었다가 걸어서 가자는 아이의 성화에 우산을 꺼냈다. 우산 위로 떨어지는 빗소리가 경쾌하다. 비 오는 거리를 느릿느릿 걸어보는 게 얼마 만인가. 엄마와 걷는 빗길에 흥이 올랐는지 입이 쉬질 않는다. 가만 들어보니 아이가 꺼내어 놓는 말은 죄다 통통 튀는 표현들이다.

"엄마는 네가 하는 말이 다 시처럼 들리네."

아이는 엄마의 말을 가슴에 담아 뒀다가 그날 저녁 '신호등'이라는 제목으로 시를 써 읊어주었다. 박수가 끝나고 시와 그림이 담긴 연습장을 수줍게 내민다. 맑은 눈으로 바라본 신호등이 새롭다. 보이는 것, 들리는 것 어느 하나 허투루 흘리지 않고 그 순간 깊게 빠져들어 즐기는 아이가 예쁘게만 보이는 팔불출 엄마다. 써 놓은 글을 모아 책으로 만들어주겠다고 하니 꼬마 시인이 되겠다며 시 쓰기에 집중한다. 언제까지 이어질 시가 될지 모르겠지만, 덕분에 엄마는 귀 호강, 눈 호강, 마음 호강한다. 아이의 눈을 따라 세상을 본다.

아이의 마음을 따라 세상을 담아 본다. 지금 막 뽑아낸 면발의 탄력 같다. 탁하고 치니 멀리 튀어 날아가는 생생함이다.

신호등

빨간 불은
딸기 신호등

노란 불은
바나나 신호등

초록 불은
아오리 사과 신호등

내 마음속 신호등은

과일 신호등

알록달록한 과일과 신호등처럼 마음에 불이 켜졌다. 빗속을 아이와 함께 걸었을 뿐인데 삐걱거리던 삶의 이음새가 촉촉해짐을 느낀다. 아이의 눈으로 세상을 바라보니 정화가 되는 듯하다. 우리는 모두 어린아이였던 시절이 있다. 앞을 재거나 뒤를 돌아보지 않고 눈에 보이는 그대로 즐거움을 만끽하던 때.

오롯이 현재에 몰입하여 자기다움을 발휘하는 순간 아이처럼 신이 난다. 이미 나이는 훌쩍 들었지만, 아이처럼 순수한 눈으로 세상을 바라보고 싶을 때가 많다. 동시도 좋고, 동화도 좋다. 아이들만 읽는 글이 아니다. 글을 쓰는 시간에도 매번 진지하고 엄숙해야 할 일이 있는가. 기쁨과 설렘의 시간 또한 소중한 글감이다. 오늘은 잊혔던 어린아이가 툭 하고 튀어나올지도 모르겠다. 반갑게 인사해주고 싶다.

쓰기의 쓸모

✿

글쓰기를 생활의 한 장면으로 가지고 온 이후 삶의 에너지가 이전과 달라졌음을 확연하게 느낀다. 정신과 의사인 수 스튜어트 스미스는 〈정원의 쓸모〉에서 내면의 꿈이 가득한 자신과 현실의 물리적 세계가 만나는 '사이'를 바로 '정원'이라 칭했다. 그녀의 돌봄은 초록 정원 안에서 정성이 깃든 원예 활동을 통해 고귀한 생명으로 구현되고 있었다. 엄마와 아이 사이에 정서적 교감을 이루는 틈이 존재함으로 인해 믿을만한 세상이 탄생하는 것처럼 그녀에게 정원은 자신과 세상을 연결해주는 살아있는 공간이 되었다.

실제 단독주택에 살면서 작은 마당을 가꾸다 보니 원예가 없는 정원은 없다는 말을 실감한다. 아름다운 정원을 만들어내기 위해서는 다양한 원예 활동이 필요하다. 돌을 골라내는 작업, 잡초를 뽑는 일, 때에 맞춰 물주기, 귀한 생명들에게 한껏 사랑의 인사 건네기. 모든 행동이 돌봄의 과정이다.

나로부터 비롯된 작은 행위가 생명과 생명이 어우러지는 공간을 창조해낸다. 정원에서 복잡한 생각과 머리 아픈 일들이 있을 리 만무하다. 되려 마음과 머리가 맑아진다. 자료를 만드느라 노트북 앞에 앉아 열을 내고 있다가도 잠시 마당을 서성이고 들어오면 기분이 싹 바뀌어 있다. 아낌없이 건네주는 초록 생기가 고맙다. 언제든 말없이 묵묵하게 반겨주는 존재가 감사하다. 정원 안에서 영혼이 평온해짐을 느낀다.

정원 못지않게 편안한 공간이 있다면 그것은 노트이다. 푸른 잔디가 펼쳐진 것처럼 노트 표지를 펼치면 나타나는 백지의 공간은 나라는 사람과 세상을 연결해주는 안전한 '사이', '틈'이 된다. 새하얀 백지 위에 걸어 나온 단어들이 의미를 입고, 가지런히 정리되면서 생명이 생겼다. 시원하게 숨통이 트이며 노트 위에서 돌봄이 구현되는 순간이다. 어릴 때부터 드문드문 일기를 써 오고, 인생 여러 구간에 머물러 메모를 했지만, 최근처럼 신나게 글을 적어본 적은 없는 듯하다. 소소한 발견에도 기쁘고, 감사하다. 숨겨진 바람(want)과 감정을 직면하더라도 노트 위에서라면 부담이 훨씬 덜하다. 삶의 에너지가 특별한 무언가로부터 오는 게 아니라 일상의 작은 즐거움으로부터 비롯된다는 사실을 여실히 깨닫는 중이다.

철학이 어디 따로 있던가. 작은 생각 조각으로부터 경험하고, 조망해낼 수 있으며, 의미를 알아차릴 수 있다면 누구나 철학자가 될 수 있다. 단, 휴대전화와 같은 기계와는 잠시 거리두기를 해야 철학을 만나기 수월하다. 햇살에 몸을 맡기고, 좋아하는 커피 한 잔을 사 들고 집으로 돌아온 다음 걷기의 마무리 작업으로 글쓰기를 시작한다. 바람을 따라 지나간 생각과 감정은 다시 불러올 필요가 없다. 새롭게 마주친 게 무엇인지, 알게 된 게 무엇인지 내면 언어의 속삭임을 따라간다.

길을 나서기 전까지는 어떻게 해야 할지 갈피를 잡지 못했던 조급한 호흡이 글을 쓰면 쓸수록 차분해진다. 해답이 나온 것도 아닌데 종이에 쓰고, 마음을 가다듬는 순간 에너지의 색깔과 무게가 달라져 버린다.

새로운 숨을 따라 찾아온 생각을 사유라고 이름 붙여

본다. 갇힌 상자 안에서 눈에 보이는 것을 따라 이리 재고, 저리 재며 짧은 생각 조각을 맞추느라 여념이 없던 머리가 한결 여유로워진다. 두루두루 살피고 멀리 내다보면서 좁아진 시야가 트이는 듯하다. 구태여 미리 가져와 고민할 필요 없는 생각들은 바람을 따라 멀리 사라진다. 어디에 초점을 맞춰야 할지 몰랐던 생각들도 나름의 삶의 재료에 연결되어 자기만의 이야기로 정리된다.

직진만 고집하던 사고가 구불구불 원을 그릴 수 있게 되었다. 불과 어젯밤까진 앞으로 가는 것만이 전부인 줄 알고 애가 닳았는데, 거꾸로 뒤집어보는 배짱을 부려본다. 다각도에서 살펴본 고민은 모양새가 꽤 다르다. 눈앞에 보이는 방법에 매몰되어 큰 방향을 잠시 놓치고 있었다는 걸 알게 된다. 코끼리 다리만 내내 만지며 큰 기둥인 줄만 알았는데, 꼬리도 만지고 코도 만져가며 이제야 코끼리인 줄 안다.

누가 보면 쓸데없는 하루의 기록일지 몰라도 글을 쓴 사람에게는 소중한 발자취다. 스쳐 지나가는 생각, 주변 사람들과 나눈 이야기, 해야 할 일, 앞으로 하고 싶은 일, 자꾸만 마음에 남아 메모해두지 않으면 안 되는 일. 기록은 그 자체로서 의미를 지닌다. 해방의 통로이자 귀한 보물창고이다. 정성스레 쓰인 지난 일기가 오늘의 내게 무심한 듯 위로를 건네주는 것처럼. 든든한 이야기보따리가 되어 삶이 풍성하게 이어지도록 해 준다. 간직하고 싶었던 많은 것들은 또박또박 한 글자씩 종이에 새겨져 귀한 화석이 되어 있다. 윤활유 역할을 해 준 것은 책이다. 시대를 앞서간 지혜로운 자들의 목소리를 오롯이 즐기고 뜻을 음미하는 시간을 가져본다. 그리고 같은 시간을 살아가는 다양한 삶과 생각을 문장으로 만난다.

쓰기와 책에 관심을 두니 실제 여러 작가님을 알게 되고, 저마다의 삶의 현장에서 쓰기 활동을 하는 동료가 생겼다. 장미와 국화, 소나무와 아카시아, 강아지풀과 칡덩굴. 정원 속에 저마다의 삶을 창조해내는 꽃과 나무처럼 우리는 어울려 살아가고 있음을 보다 넓은 시각으로 알아가고 있다.

쓰는 시간은 정체되어 있지 않음을 알려준다. 쓰는 시간은 과거와 현재와 미래를 조율하는 힘을 기르는 시간이다. 가끔 옆길로 새고, 울기도 하고, 무릎이 까져 다시는 안 갈래 소리 질러 보지만 결국 마음을 고쳐먹고 걸어가는 친근한 산책길이다. 산책하는 마음으로 글을 쓴다. 천천히 걷고 느끼면서 나를 알고, 타인을 이해하고,

인생을 받아들인다. 사람은 늙어도, 기록은 남는다. 기록은 오래도록 남아 숨을 쉴 것이다. 잊고 싶지 않은 소중한 하루 일상의 흔적은 훗날 따뜻한 토닥임의 손길로 다가올 것만 같다. 비록 건망증에 까먹고 나이 탓을 해가며 멋쩍게 웃는 날이 있겠지만, 남겨놓은 메모들을 읽으며 위로를 얻지 않을까. 할 일을 적고 지워가듯 인생의 과제를 하나씩 적고 지워가며 잔잔한 일상의 파도를 서핑한다면 그 또한 지겹지 않을 일이다.

칼국수 면발을 하나 만들 때도 좀 더 부드러우면서 쫄깃한 맛을 내기 위해 반죽을 치대고 또 치대는 작업을 거친다. 그만해도 되겠다 싶지만, 장인의 손길은 멈추지 않는다. 반죽으로 끝나는 게 아니라 숙성의 과정까지 거친다. 잘 부풀어 올랐는지 매의 눈으로 살피길 반복이다. 하물며 칼국수 면발도 정성 또 정성인데, 글은 오죽할까. 마음의 허기를 달래는 문장이 쉽게 나올 리 만무하다.

씁쓸한 뉴스와 애타는 소식으로 각박하게 살아내야 하는 세상을 마주한다. 자기도 모르는 사이 마음이 굳고, 예고하지 않은 고통 속에 바깥으로 향하는 문을 닫는 이들을 본다. 사랑하는 이를 잃은 슬픔에, 상실의 아픔에 벗어나기 힘든 하루를 사는 이들을 만난다. 철저한 가면으로 속이 시커멓게 타들어 간 외로운 얼굴이 있다. 스스로 마음을 어루만질 내면의 힘이 있음을 알려주고 싶다. 꼭 글쓰기가 아니어도 좋다. 닫힌 마음의 방문을 열고, 토해내기를 바란다. 그러다 괜찮아진 어느 때 자신을 써보면 어떨까. 내가 창조되는 기쁨을 누려보기를.

나답게

❀

언제부터인가 다른 이의 문장이 탐나기 시작했다. 그 전까지는 마음에 드는 문장을 만나면 순전히 가슴에 품는 데에만 집중했다. 글이 나에게 닿아 터치하는 대로 환희의 미소를 지었다가, 눈물을 짜내기도 하고, 멍하니 하늘을 바라보며 문장을 곱씹었다. 물론 지금도 글 창고가 되어 주는 좋은 책들이 반갑다. 와닿는 문장에 머무르느라 진도를 빼기 어려울 땐 은근한 희열도 느낀다.

손에는 이미 형광펜이 쥐어져 있고, 주옥같다는 내적 감탄사가 문장 꼬리마다 주렁주렁 매달린다. 여러 번 읊조리며 줄을 긋다 보면 또 나의 글이 쓰고 싶어져 연필이 달싹거린다. 결국 더 읽지 못하고 아무 빈자리에 메모를 끄적이게 된다. 마음에 드는 책을 만나면 여백에 글자 또한 길어진다. 무한한 영감과 성찰의 세계로 안내해주는 글 창고, 책.

그런데 이상야릇하게도 좋은 문장을 읽으면 읽을수록 내 안의 빈자리가 자꾸 보였다. 저만큼 앞서가는 지혜로운 자의 발자국을 바라보며 어정쩡하게 서 있는 것 같은 자신이 부족하게 느껴지는 거다. 숨어있던 평가의 눈, 비판의 잣대가 슬그머니 살아나는 순간이다. 책 읽는 시간을 오롯이 즐기지 못한다. 다 읽고 나서도 어딘가 아쉽고, 미련이 남는다.

책 자체에 아쉬움이 아니라 글을 쓰는 자신에 관한 감정 부스러기가 생긴다. 들여다보면 작가를 향한 부러움과 질투심이 불러온 찝찝한 현장이다. 책은 책대로 읽고, 나의 글은 나의 글대로 쓰면 되는데, 일기를 쓰듯 자연스럽게 적을 수 있는 이야기임에도 조금 더 있어 보이게 쓰려다 결국 아무것도 쓰지 못하고 노트를 덮는 순간이 온다. 잘해보려는 욕심이 비교의 잣대와 어우러져 화를 불렀다.

박완서 작가님의 문장을 읽으며 경외감을 금치 못했다. 삶과 닿아 있는 그녀의 글은 부대낌이 없고 불편함이 없었다. 따끈한 온돌방에서 이불을 덮고 누웠는데 할머니가 이야기보따리를 풀어 놓으니 잠을 잘 수가 없다. 계속 더 말해달라고 보채는 손녀처럼 그녀의 글자를 쉼 없이 따라갔다. 문장 하나에 빠져 황홀경을 느끼기까지 한다. 그 순간에는 작가의 단어가 마치 내 것인 마냥 흡족하다. 그러다 이내 곧 질투심이 일어난다. 그녀의 머릿속에 가슴속에 딱 한 번만 들어가 보면 좋겠다 괜한 투정을 부린다. 대체 무엇을 경험해야, 무엇을 바라보고 생각해야 나올 수 있는 손끝이란 말인가. 사소한 일상 한 조각에 어찌 저리도 깊은 생각을 담아낼 수 있는지, 어쩜 깔끔하면서도 간결한 문장으로 표현할 수 있는지.

사실 멀리 박완서 작가의 책을 논하지 않더라도 주변에는 꽤 멋있는 문장가들이 많다. 글 벗들이 지어내는 삶의 노래가 진솔하고, 잔잔하기에 위로를 받는다. 다들 각자의 매력이다. 짧은 문장과 간결한 표현이 돋보이는 글이 있는가 하면, 야생마가 뛰어다니는 것처럼 단어 하나마다 용솟음치는 힘이 느껴지는 글이 있다. 섬세한 묘사와 터치로 예상치 못한 순간에 감정선을 건드리는 문장도 있다. 우리네 인생이 제각각 다른 모양새이듯 글 또한 그렇다. 같은 주제를 쓰더라도 이야기를 풀어내는 방식이 다르고, 문장의 색깔이 다르다. 전하고자 하는 메시지 또한 다를 수밖에 없다.

문장의 미묘한 차이를 글맛, 글투, 글멋이라 불러본다. 맛깔스럽게 느껴지다가 순간 달고, 짜고, 가슴 졸이게 하는 타이밍이 다르니 작은 포인트가 두드러지기 마련이다. 왜, 다른 것일까. 이유는 간단하다. 우리는 서로 다른 인생을 걸어왔기에 경험치가 다를 뿐더러, 가치관은 더더욱 같을 수 없기 때문이다. 내가 아무리 따라 하고 싶어 한들 박완서 작가의 유년 시절 할아버지와 동구 밖까지 산책하며 느꼈던 정서를, 아들을 잃은 처절한 심경을, 그녀가 살아냈던 전후 시대의 생활상을 그대로 흉내 낼 수 있을까. 대답은 당연히 없음이다. 작가는 작가 자신의 인생을 노래하고, 결국 나는 나의 인생을 꾸밈없이 노래해야 함이다.

글을 계속 쓰다가 보면 깨닫는다. 흉내를 내는 글은 오래가지 못한다는 것을. 결국 밑천이 바닥나고, 길을 헤매게 된다. 사는 것도 그렇지 않던가. 자신이 무엇을 원하고 있는지 알아채지 못하고 화려하게 보이는 누군가의 삶을 따라가다가 금방 지쳐버리는 경우를 만난다. 비교의 잣대가 부러움과 질투를 넘어 결국 열등감을 거듭

생산한다. 한때 유행했고, 지금도 꾸준히 사랑받고 있는 MBTI 성격유형 검사에서도 강조한다. '자기 이해'라는 검사의 목적이 말해주듯 타고난 기질을 자연스럽게, 타인과 세상과의 관계 속에서 조화롭게 발휘하는 것이 중요하다고 말이다. 좋고 나쁜 유형이 없듯이 나의 것을 유연하게 사용하고, 약점을 보완하며 살아갈 때 만족스러운 삶이라 불린다.

인간중심 상담으로 유명한 심리학자 칼 로저스는 '인간은 누구나 자신을 향상하려는 욕구를 지니며, 자기답게 살아냄으로써 충분히 기능하는 사람이 될 수 있다'라고 격려한다. 다른 사람들로부터 요구된 모습, 세상의 압력으로 만들어진 자기가 아니라 있는 그대로의 나를 수용할 때 비로소 진정한 자기를 만날 수 있다고 강조했다. 자신을 왜곡 없이 바라보고, 지지하고, 격려할 때 숨겨져 있던 모습이 본연의 색깔로 꽃을 피워낼 수 있음이다. 글을 쓴다는 건 자기를 쓰는 행위다. 누군가 보여주는 화려한 문체에 잠시 속을 수는 있으나 진솔함이 담기지 않은 이야기는 결국 깊이 와닿지 않는다.

멋있게 써야겠다, 누구처럼 써야겠다는 마음을 내려놓

고 진정 말하고 싶은 이야기를 따라 단어를 하나씩 꺼내 보자. 이 말은 다른 누군가에게 전하는 당부가 아니라 탐나는 마음이 들 때 스스로 주문처럼 들려주는 말이다. 우리가 어떤 이의 삶의 스토리에 감동을 하는 건 오롯이 그만이 들려줄 수 있는 아름다운 삶의 이야기이기 때문이다. 다시 말해 자기를 자기답게 발휘한 문장이었기에 깊이 와닿은 것이다. 인생 경험이 다양해질 때 생각의 깊이와 통찰의 수준도 따라 달라진다. 오늘 하루에도 우리는 매 순간 경험을 달리한다. 수시로 감정이 바뀌고, 수시로 생각이 흘러 지나간다. 머무를 수 있는 순간에 머물러 자기 이야기를 끄집어낸다면 굳이 다른 이와 비교할 필요가 있을까.

문장에 관한 아쉬움은 좋은 글을 꾸준히 읽고, 때론 필사해보며, 삶에 적용해가면서 자신의 경험으로, 나의 것으로 소화하면 되는 것이다. 조급한 마음을 버리면 언제든 가능하다. 멋있는 문장을 만나면 그것으로 충분히 감탄하면 된다. 중요한 것은 잘 쓴 문장이 아니라, 내가 나답게 살아가는 오늘이다. 나답다는 건 조금 부족하고, 미완성인 나를 인정하는 것이다. 멋져 보이는 사람이 되기 위해 고군분투하는 모습이 아니다.

4장
성장의 글쓰기

인생 그래프

❀

집단상담을 할 적에 종종 활용하던 활동 거리가 있다. '인생 그래프 그리기'라는 것인데, 현재 나이까지 살아오면서 겪어왔던 인생의 굵고 작은 사건들을 떠올리며 점수를 매겨보는 활동이다. 종이 한 장을 놓고 X축(가로)과 Y축(세로)을 그린다. 먼저 종이를 가로 방향으로 눕히고, 가운데 지점에 왼쪽부터 오른쪽으로 일직선을 길게 긋는다. 출발 지점이 0세, 즉 출생한 시점이다. 선이 끝나는 지점은 현재 나이가 된다. X축을 다 그렸다면 Y축을 그릴 차례다. 0세를 통과하는 세로 선 하나를 긋는다. 가장 위에는 100점, 가장 아래에는 마이너스 100점이다.

선을 다 그렸다면 이제 자신의 인생 경험 중 주요한 사건들을 되짚는 시간이다. 어떤 일이 있었는지 당시 상황과 생각, 감정 등을 따라가 본다. 아마도 강렬했던 기억이나 사건들이 수면 위로 올라올 것이다. 인상적이었던 인생 경험을 점수화한다. 주요한 시기마다 매겨둔 점수를 점으로 찍어 선을 연결하면 흥미로운 그래프가 그려진다.

청소년기와 같이 특정 시기만 선택하여 가로 선을 늘여서 작업해 볼 수도 있고, 현재 나이뿐 아니라 앞으로 살아갈 인생의 점수까지 매겨보며 이야기를 나누는 방법도 있다. 나는 상담을 하면서 여태껏 단 한 사람도 같은 모양의 그래프를 그린 것을 본 적이 없다. 출생지점에 부여하는 점수부터 다르다. 태어나자마자 마이너스 점수를 매기는 사람이 있는 반면, 세상에 빛을 처음 본 그때가 가장 큰 행복이었을 거라고 말하는 이가 있다.

인생의 파노라마 중에 주요한 일을 떠올려 점수화한다는 게 그리 간단한 활동은 아니다. 인생 그래프 그리기는 나이가 적든 많든 살아온 인생을 진솔하게 더듬어 봐야만 가능한 작업이다. 크고 작은 사건, 마음에 남아 있는 응어리, 기쁘고 행복했던 순간 등을 되짚어 만나보는 시간이기 때문이다. 매겨지는 점수는 절대적 크기가 아니라 상대적 크기이다. 따라서 경험했던 일의 강도와 심적 무게에 따라 점수는 제각각이다. 그래프를 그리고 나면 한 명씩 돌아가며 이야기를 나눈다. 마이너스 방향으로 점이 몰린 사람, 점과 점의 연결이 위아래로 왔다 갔다 역동적인 사람, 반대로 폭이 좁은 사람 등, 인생 이야기는 그야말로 다양하다. 우리 모두 지금껏 이야깃거리를 품고 살아왔음을 그래프를 통해 알 수 있다. 인생의 굴곡이 바로 인생 그래프다.

그래프 속에 담긴 이야기가 삶을 구성해 나간다. 우리는 이야기를 따라 살아왔다. 상담학의 여러 이론 중 이야기 치료라는 분야가 있다. 이야기 치료는 바로 이러한 점을 강조한다. 인생은 단순한 과정이 아니라 복잡한 이야기로 구성된 역동적인 시간의 흐름을 갖는다는 것을 말이다. 여기서 모든 사람은 자기의 삶을 구성해 나가는 능동적인 존재다. 관심 있게 봐야 할 것은 현재는 과거로부터 이어진 이야기의 방향대로 흘러가는 속성이 있다는 점이다.

부정적인 내용에 초점이 맞춰진 이야깃거리는 현재뿐 아니라 미래 또한 비슷한 흐름을 만들어 낼 확률이 높다는 거다. 불안이 불안을 키우는 것과 마찬가지로 실수, 실패, 괴로움에 초점이 맞춰지면 자꾸 안 좋은 일만 생기는 듯하다. 장점이 열 가지나 있어도 단점 하나가 눈에 크게 들어와 나머지를 살필 여력이 없는 악순환을 반복하는 것처럼. 어찌 됐든 빈약하면서도 부정적으로 구성된 이야기는 주도적인 삶을 살아가는 데 방해 요소로 작용한다.

이야기 치료에서는 한 개인이 자신의 정체성을 비롯해 관계, 가능성 등 삶 전반을 해결하고 싶다면, 문제가 되는 이야기에 초점을 맞출 게 아니라 대안적 이야기로 재구성할 것을 권유한다. 우리가 그려나가는 이야기를 통해 다시금 우리네 삶의 모양이 변화할 수 있다는 뜻이다. 말이 가진 영향, 문장이 담고 있는 생명력은 우리가 의미를 부여하는 대로 흘러간다는 의미를 담고 있다.

인생 그래프 그리기는 단순하게 어떤 사건을 경험했고, 그것의 점수가 얼마인지 매겨보는 게 중요한 것이 아니라, 인생의 어느 한 지점에서 맞이하는 일들이 과연 자신에게 어떤 이야기를 들려주는지 이해하는 게 포인트다. 또한 자기 안에 어떠한 강점들이 발휘되었기에 오늘이 자리에 있을 수 있는지 확인해보는 시간이기도 하다. 그동안 눈에 보이지 않았던 긍정적인 모습이 새로 발견된다. 숨어있던 가치를 찾아 의미를 재부여 한다. 앞으로 그려나갈 그래프에 희망이 더해진다. 의미가 담긴 삶의 이야기는 인생의 방향에 큰 영향을 미칠 게 분명하다.

"똑같은 시간을 살아도 이야깃거리가 없는 사람은 산 게 아니다."

이어령의 〈마지막 수업〉을 읽다 말고 한 문장에 눈이 멈춰 한참을 머물렀다. 이야기가 있는 삶이야말로, 스토리 텔링을 할 수 있는 삶이야말로 진정 부유한 삶이라는 선생님의 말씀에 공감하는 바이다. 힘든 일이든 기쁜 일이든 하나의 인생은 다양한 이야기를 만들어내며 오늘을 살아간다. 그것이 모여 과거가 되고, 내일을 향한 발판이 된다. 우리는 흔한 말로 사연 없는 사람이 어디 있겠냐 하지만 바쁘다는 핑계로 지친다는 핑계로 매일 찾아오는 이야깃거리를 흘려 지나칠 때가 대부분이다. 아니, 오히려 이야기를 만들지 않고 대충 건너뛰며 사는 시간이 더 많다. 이야깃거리는 어떻게 만들어지는 걸까. 문장을 곱씹다 말고 홀로 질문을 던졌다.

책에서 이어령 선생님은 '세일 해서 산 다이아몬드'와 '첫 아이 낳고 남편에게 받은 루비 반지'를 비교하고 있다. 삶의 가치가 그 속에 담긴 이야기 즉, 의미로 풍성해진다는 게 선생님의 설명이다. 다이아몬드가 루비 반지보다 훨씬 더 비싼 장신구이지만, 결국 무엇이 더 값진 삶의 의미를 담고 있느냐 하는 문제로 귀결된다. 매일 무심코 지나가는 길이라 할지라도 이름 모를 들꽃과 대화를 나누고, 나만의 감상 포인트를 찾아 즐기게 된다면 그 때부터 그 길은 의미가 담긴 장소로 재탄생하게 된다. 이처럼 부여된 의미에 따라 그저 지나는 길이 아니라 나만의 소중한 공간으로 변모한다.

똑같은 시간을 살아도 이야깃거리가 있는 삶은 카이로스의 시간을 사는 삶이다. 카이로스의 시간은 물리적으로 보내는 시간이 아니라 깊게 몰입하여 의미를 담는 시간을 가리킬 때 사용한다. 이야깃거리가 있는 인생은 의미를 추구하는 삶이자 내용을 알아차리는 삶이다. 자신의 시간에 깊숙하게 관여하는 삶 그것은 또렷하게 살아있음을 증명한다. 내가 어떻게 이야기를 다듬느냐에 따라 인생의 풍성함이 달라질 수밖에 없지 않을까.

의미와 가치를 부여하며 만들어진 이야깃거리는 이어령 선생님의 표현으로 바꾸어 말하면 '관심을 기울이고,

관계를 만들고, 또 관찰하며 세심한 관심을 보내고의 반복'이다. 의미를 만드는 일은 손잡이가 달린 작은 그물망으로 직접 나와 연관 지을 수 있는 것들을 하나씩 끄집어 올리는 작업일 테다. 관계가 생기면 의미가 자연스럽게 따라온다. 그것은 또 다양한 감정으로 뿌리를 내리게 된다. 삶의 작은 한 조각들이 하나의 스토리를 품는다. 그것이 문장으로 표현될 때 자기만의 책이 된다. 그 누구 것이 아닌 나만의 이야기이다.

단어의 의미

어느 날 그날의 강의 주요 주제가 자기효능감이었다. 학생들이 자신의 효능감에 대해 어떻게 생각하고 있을지 궁금해 수업 중에 질문을 던져봤다. '스스로 생각했을 때 자기효능감의 점수가 10점 만점에 어느 정도나 될까요?' 하나, 둘, 셋을 외치면 앞에서 볼 수 있게 각자 손가락으로 점수를 표현해보자 했다.

셋을 외치는 순간 '8점이요'라며 큰 목소리로 외치는 학생이 있는가 하면 조심스럽게 가슴팍에다 손을 올려 앞에 선 사람만 보이게 손가락 숫자를 보여주는 학생이 있다. 전체적으로 둘러보니 최저 3점에서 10점 만점까지 꽤 다양한 분포를 보였다. 7점 내외 학생이 가장 많이 보이는 것 같다. 점수가 높은 학생일수록 손의 위치 또한 높았다. 머리 위로 손을 흔들며 점수를 알려주는 친구들이 대부분이었고, 점수가 낮은 학생은 주변이 의식되었는지 얼른 손을 내린다.

어떠한 일을 잘 해낼 수 있는가에 관한 자기 믿음이 자기효능감(self-efficacy)이라 불린다. 무언가 성취하거나, 목표에 도달하기 위해 자신이 가진 능력을 얼마만큼 믿고 있는가에 따라 행동이 달라진다. 점수를 보여주는 모습에서도 확인할 수 있었다. 자기를 규정하는 단어는 개인마다 다르게 평가된다.

말 그대로 스스로에 대한 주관적인 점수이기 때문이다. 이전에 성공적인 경험을 했다면 다음번에도 잘 해낼 수 있을 거란 자신감이 상승한다. 반대로 실패한 경험으로 주눅이 들었거나, 속상한 일을 겪었다면 도전을 주저할 가능성이 크다. 경험뿐 아니라 현재의 정서 상태 또한 자기 믿음에 영향을 미친다. 무력감을 자주 느끼는 상태라면 아무래도 힘 있게 무언가를 시도하기 쉽지 않다.

자기효능감이라는 단어는 사전적으로 모두에게 같은 뜻으로 읽히지만, 개인에게 해석될 땐 의미가 전혀 달라진다. 사실 따지고 보면 모든 단어가 그러하다. 단어의 뜻은 정의한 바 그대로이지만, 속뜻 그러니까 실제 의미하는 바는 똑같지 않다.

흔히 쓰는 단어 자아존중감(self-esteem) 또한 마찬가지다. 자아존중감은 자기 자신에 관한 긍정적인 혹은 부정적인 견해를 뜻한다. 자신을 얼마만큼 가치 있게 여기는지에 대한 지각은 개인의 해석에 따라 확연한 차이를 보인다.

지금 눈앞에 놓인 커피 한 잔도 그러하다. 쌉싸름하고, 쓰고, 맛있고, 맛이 없고, 향기롭고, 그윽하고. 다양하게 표현되는 맛처럼 커피는 같은 커피가 아니다. 쌉싸름하다는 대략적인 느낌을 공유하지만, 그 맛 또한 사람마다 제각기 다른 것처럼 말이다. 커피라는 단어를 떠올린 후에 글을 써보자고 한다면 아마 굉장히 다양한 주제의 글을 만날 수 있을 거다. 커피에 스며든 추억이 다르고, 이야깃거리가 다르기에 내어놓을 문장 또한 같을 수 없음이다.

우리가 일상에서 공유하는 여러 단어는 개인에게 고유한 언어가 된다. 일부러 은유를 넣지 않더라도, 언어는 그 자체로 누구에게나 상징적인 도구가 되는 것이다. 조금 더 과장해서 말하자면, 단어가 가진 사전적인 설명은 같더라도 해석하는 의미가 다르므로 결국 같은 단어는 없는 셈이다.

'친구들이랑 어울리지 못해서 요즘 우울해요.'라고 누군가 호소한다면, 적어도 마음을 읽을 땐 그 말을 곧이곧대로 들어선 안 된다. '우울하시네요.'라며 가볍게 넘어간다면, 그 사람이 표현하는 우울의 정체에서 멀어지게 된다. 상대방의 입에서 나온 우울이라는 단어와 듣는 이가 정의 내린 우울이라는 단어는 다른 의미로 읽힐 가능성이 크기 때문이다. 말하는 사람의 언어가 그의 삶에서 어떤 상징성을 나타내는지 알아차리는 건 듣는 이의 몫이다. 그래서 상담자는 단어만으로 쉽게 짐작하는 게 아니라 어떤 의미가 담겨있는지 다방면의 질문을 통해 구체적 탐색을 해나간다. 알고 보면 우울이라고 표현한 단어 안에는 죄책감이나, 두려움, 자책, 분노 등 비슷하면서 다른 얼굴을 한 감정과 생각들이 숨어있는 경우가 많다.

우리는 그동안 여러 행동으로, 말로 우리의 이야기를 써 왔다. 말과 행동은 그 순간 담기지 않기에 발현되자마자 이미 사라지고 없다. 결과만 남을 뿐. 하지만 글은 자취를 남기고, 그 흔적을 따라 여러 여행이 가능하다. 글쓰기의 매력이라고 한다면 바로 이런 지점이지 않을까. 우리의 입에서 나오는 상징을 그대로 흘려버리지 않고 박제해놓음으로써 음미하고, 해체하고, 다듬고, 통찰하고. 상징과 은유 뒤에 가려진 본질에 조금 더 가까이 다가가 설 수 있다는 점 말이다. 인생의 수많은 흔적이 다양한 언어로 표현된다. 살아간다는 건 무수한 언어를 생성하는 일이며, 언어에 담긴 상징을 알아차리는 일이라고 할 수도 있겠다.

'인생의 도움닫기'라고 한다면 성공에 필요한 여러 장치나 도구가 먼저 떠오를지 모르겠지만, '자신이 쓰는 언어의 의미를 파악하는 것' 그것이야말로 크나큰 삶의 힌트가 아닐까 싶다. 단순하게 자기효능감 혹은 자아존중감의 높낮이로 정리하는 게 아니라, 용어 안에 담긴 의미가 무엇인지 아는 게 먼저다. 그리고 의미를 만들어낸 다양한 다른 단어들 또한 유심히 살펴볼 필요가 있다.

사람들은 자기를 더욱 잘 알기를 원한다. 팍팍한 일상 속 자신을 다독이기를 원한다. 기분 전환용 행동으로써 글쓰기가 아니라 오늘의 감정과 생각, 자신에 관한 다양한 기록 혹은 자기를 표현할 여러 단어를 따라가 본다면 자신을 알아가기 위한 실마리를 조금 더 빨리 발견할 수 있다. 쓰인 문장이 가진 의미와 방향성을 알아차리는 일은 꾸준히 쓰고, 읽어낼 때 점점 또렷해진다.

상징의 재미있는 점은 읽을 때마다 다르게 느껴진다는 점이다. 같은 사람도 때에 따라, 기분에 따라, 통찰의 수준에 따라 같은 단어도 그 의미를 다르게 파악한다. 직접 써놓은 하나의 문장이 씨앗이 되어 생각의 끈을 이어주고, 또 그것이 문장으로 다시 쓰인다. 글을 통해 자신을 보는 눈이 넓어지는 거다. 한편 누군가 써놓은 글을 읽으며 마음의 파장을 느낄 때 또한 무수하다.

언어가 일으키는 파동의 힘은 대단하다. 짧은 시 한 편이 누군가의 인생을 송두리째 흔들어 바꾸기도 한다. 단순한 단어의 작용이라 볼 수 없는 일이다. 하나의 단어 또는 하나의 문장은 읽는 이의 삶을 대변하기도 하고, 울분을 토해낼 통로가 되어 주기도 한다. 언어가 가진 상징적인 위력이 얼마나 큰 것인지를 알 수 있다.

우리는 삶을 언어로 정리해나간다. 굳이 글을 쓰지 않더라도 모든 사람은 자신의 말로써 인생을 꾸려나간다. 언어가 가진 힘이다. 언어로 삶을 구성해 나간다고도 볼 수 있다. 나의 말이, 나의 글이 내가 새기는 문장이 무엇을 품고 있는지 찬찬히 살펴볼 이유가 충분하다. 삶을 가리키는 이정표들이 그저 말로써 허공에 사라지는 것보다는 노트 위에 적힐 수 있다면 더욱 좋다. 그렇게 된다면 의미를 찾을 수 있는 상징적인 지표로써 멋진 활약을 펼칠 수 있을 거라 기대한다. 효능감이라는 단어 하나만 놓고 시작하더라도 할 이야기가 줄을 서고 기다리고 있을 거 같다. 현재의 내가 나를 보고 있는 시선부터 시작해, 어떤 연유로 그렇게 생각하게 되었는지, 그것이 삶에 어떻게 표현되고 있는지, 그로 인해 무엇을 얻었는지, 지금 필요한 것은 무엇인지. 작은 단어 하나 뒤에 숨은 인생 이야기가 그만큼 풍성하다. 언어의 의미를 밝히면서 본질에 다가갈 길 또한 명료해진다.

마음 챙김의 글쓰기

산책길 나뒹구는 낙엽을 보니 오랜만에 그림이 그리고 싶어졌다. 여름이 지나갈 무렵 찾아온 아침 손님 나팔꽃을 마지막으로 스케치북의 문이 닫혔다. 먼지가 쌓이기 전에 연필을 다시 꺼내야 할 때가 된 것 같다. 아침 이슬을 맞아 촉촉하게 젖은 채 누워있는 낙엽들을 매만져 본다. 바싹 메말라 떨어진 낙엽을 보니 언제 시간이 이만큼 흘렀나 싶다.

온통 가을이 왔음을 알리는 작은 존재들이다. 군데군데 동그랗게 벌레가 갉아 먹은 자리마저 추상파 화가의 손길이 닿은 듯 작품이 따로 없다. 그림을 그리고 싶은 마음은 잠시 뒤로 하고 떨어진 낙엽들을 보며 가을의 정취를 느껴본다. 실컷 감상을 즐기다 보니 마음에 드는 낙엽이 보였다. 나무에서 떨어진 지 얼마 되지 않은 촉촉한 이파리다. 온몸이 새빨갛게 물들어 매력적이다. 바로 옆에는 울긋불긋 노랑과 빨강 그러데이션이 멋들어진 잎이 보였다. 바스러질라 고이 몇 장을 주워 집으로 돌아왔다.

어떤 잎부터 밑그림을 그릴까. 책상 위에 낙엽을 쭉 펼쳐놓고 잠시 즐거운 고심에 빠졌다. 주워올 땐 색깔을 중심으로 본 것 같은데, 가까이 올려두고 보니 다른 게 눈에 먼저 들어온다. 가지런하고 정교한 잎맥에 절로 감탄이 난다. 그림을 그린다는 건 세심하게 살펴보는 일이다. 그려볼 대상을 정했다면 생김새가 어떤지, 촉감은 어떻게 느껴지는지, 각도를 달리하며 색상을 살피는 시간이 필요하다. 멀리서 보면 똑같은 낙엽이지만 그림의 주인공이 된 이상 세상 유일무이한 모델로 거듭난다.

그저 붉은 줄만 알았던 작은 잎사귀는 그 끝이 오돌토돌한 톱니바퀴 같다. 나무와 닿아 있다가 떨어져 나간 자리에는 거뭇한 흔적이 남아 있다. 그림을 그리는 시간보다 관찰하는 시간이 더 길다. 그려질 대상은 흰 종이에 선으로 그어지기 전에 먼저 생생한 심상으로 마음에 그려진다.

마음 챙김 명상 중 '건포도 명상'이라 불리는 유명한

명상법이 있다. 건포도 명상은 손바닥 위에 작은 건포도 한 알을 올려두고 건포도를 관찰하는 것에서 시작한다. 건포도 주름이 어떻게 생겼는지, 크기와 색이 어떤지, 보이는 느낌과 냄새, 손에 느껴지는 촉감 등 온몸의 감각을 동원해 건포도를 살펴본다. 그다음 건포도가 어떻게 내 손 위에 도착하게 됐을까 떠올린다. 씨앗부터 줄기, 그리고 열매가 맺히기까지 농부의 땀방울을 짐작해보는 것이다. 수확을 마친 포도가 말려져 손바닥 위로 오기까지 무수한 과정을 거쳤으리라. 건포도의 이동 경로가 그려졌다면 마지막으로 천천히 건포도를 입에 넣고 맛을 음미한다. 평소에 음식을 먹듯 빠르게 씹어 넘기면 안 된다. 먼저 입 안에서 건포도를 굴려보고, 물고 그 느낌이 어떤지 살펴보기도 하면서 매우 천천히 건포도의 살결과 맛, 향 등을 알아차려 본다. 그림을 그릴 대상을 관찰하는 것과 매한가지다.

여기서 건포도는 '나'라는 존재가 현재에 생생하게 닿아 있음을 알아차리게 하는 중간 다리 역할을 한다. 건포도를 살피고, 먹는 시간은 다른 그 어떤 상념들에서 벗어나 오롯이 그 상황에 머물러 있음을 유도하고, 지금 숨을 쉬는 자신을 만날 수 있도록 해 준다. 현재의 내가 세상과 접촉하고 있음을, 활력 있게 살아 숨 쉬고 있음을 알아차리게 한다. 순간에 집중해보는 짧은 작업은 자기를 다방면으로 깊게 느끼게 도와준다. 대상에 머물러 관찰해보는 일은 바쁜 일상 속에 무뎌져 가는 감각을 되살려 주는 작업이다. 눈으로 귀로 손으로 마음으로 대상을 매만져 보는 시간은 자신이 어떠한 방식으로든 세상에 연결되어 있음을 느끼게 한다. 우리는 매시간 오감을 발휘해 바깥의 여러 정보를 적극적으로 받아들이며 살아간다.

마음 챙김은 삶의 유연성을 높이는 유용한 방법으로 최근 많은 관심을 받고 있다. 깨어있는 자신을 알아차리는 과정이 마음 챙김에서 중요한 내용으로 강조된다. 알아차림이 깊어질수록 삶의 탄력성이 높아지기 때문이다. 자기를 객관화할 수 있을 때 현재 있는 모습 그대로 자신을 수용하는 힘이 생긴다. 억압하거나 강요된 인정이 아니라, 유연한 성찰의 결과로써 받아들임이다. 셀프 모니터링 다시 말해 자기 관찰이다. 상위 인지라 불리는 메타인지가 작동되는 시간이다.

메타인지의 주 내용은 간략하다. 자기가 무엇을 알고 있는지, 무엇을 모르는지 아는 걸 의미한다. 내가 나를 보는 또 다른 눈. 관찰자로서 자기를 살필 줄 아는 눈이다. 판단하거나 평가하지 않고 있는 그대로 보는 것부터 출발이다. 그래야 고통스러운 상황에서도 부정적인 감정에 쉽게 압도되지 않는다.

고통은 밀어낸다고 해서 피해 가지 않는다. 오히려 통제하려 하거나 멈추려 할 때 더욱 크게 느껴진다. 원하지 않을수록 그것에 붙잡히고 만다. 작은 불편함에도 고통의 버튼에 불이 들어와 강한 스트레스로 지각한다. 손바닥 위에 건포도를 올려놓고 질감과 맛을 느껴봤던 것처럼 고통을 객관화시킬 때 마음의 여유 공간이 생긴다. 멀리서 들여다볼 때 포용력이 늘어나는 것이다. 통찰이 일어나면서 감내하는 힘이 서서히 커진다. 내 안에서 일어나는 일을 승낙하는 순간 치유가 일어난다는 원리다. 명상만큼이나 내면의 움직임을 접촉하도록 돕는 적절한 방법이 있다면 그것은 바로, 쓰기다.

낙엽을 살피듯, 건포도를 음미해보듯 자신을 들여다보는 일. 쓰기의 행위는 관찰자로서 자기가 참된 자기를 만나러 가는 길이다. 마음의 흐름을 따라 나타난 글자를 문장으로 풀어봄으로써 한결 너그러워진 자신을 발견한다. 잔뿌리가 굵어져 자기 몸을 지탱하는 식물처럼 내가 쓴 문장 하나하나가 나를 지탱하는 뿌리가 되어 준다. 좋고, 나쁨의 평가는 필요치 않다. 문장의 구조나 단어의 배열 등을 따지지 않고 그저 느껴지는 대로, 보이는 대로, 흘러가는 대로, 있는 그대로 자신을 만나면 되는 일이다. 통찰이 제 기능을 발휘하려면 현재에 주의를 기울이는 노력이 필요하다. 마음의 근육은 알아서 길러지지 않는다. 내적 환경을 잘 조성해야 마음의 근육 또한 탄탄해지기 마련이다.

지금 순간 무엇이 일어나고 있는지 알아차리는 시간은 내 안의 환경을 건강하게 다듬는 시간이다. 출렁거리는 감정의 파도를 알아차리고, 숲 밖에서 전체를 내려다보듯 수용하는 시간을 연습한다면 위기의 순간에서 진가를 발휘할 날이 있을 거다.

낙엽의 생김새와 색깔, 나무와의 관계, 그들이 시간을 보내는 법, 그리고 건포도의 모양과 맛, 식탁 위에 올려지기까지의 과정, 내 속에 달콤한 맛으로 느껴지기까지의 경로. 모든 것이 머물러 들여다봄으로써 존재의 의미가 드러난다. 그 순간에 오롯이 몰입하니 새로운 세계가 느껴진다. 새로운 세계가 열리니 내면이 깨어난다. 결국 관찰은 자기를 확장하는 역량을 키우는 일이다. 몰입의 기쁨. 오랜만에 스케치북을 열고 빈 종이 위에 낙엽을 올렸다. 마음으로 떠나는 여행을 시작해본다. 그림으로 피어나고, 문장으로 새겨질 낙엽이다.

회복의 길

여러 이야기 끝에 그녀는 최근 신경안정제를 처방받아 먹고 있다고 전했다. 내심 놀라지 않을 수 없었다. 내가 아는 그녀는 누구보다 심지가 굳고 단단한 사람이었기 때문이다. '잠을 제대로 이루지 못할 만큼 지쳤구나'라는 생각에 나도 모르게 고개를 끄덕였다. 직원들의 불화를 지켜보며 기관의 책임자로서 어깨가 무거웠을 테다. 불협화음을 내는 건 직원뿐이 아니었다. 합을 맞춰야 할 기관들과 긴 시간 삐걱거림을 겪으며 그녀는 진이 빠질 대로 빠져 있었다. 그러한 상황이라면 누구라도 퇴근 후에 이어지는 생각을 깔끔하게 끊어내지 못하고 걱정을 이어나갔을 것 같다. 진척이 없는 다음 날을 맞이해야 할 밤은 얼마나 어둡고 답답했을지.

짙은 어둠 속에 지친 마음을 숨기고 있던 사람은 그녀뿐만이 아니었다. 언제부턴가 그는 친구들과의 모임에서 힘이 빠진다는 표현을 자주 했다. 인생 후반기 여유를 누리셔야 할 부모님이 금전적인 어려움에 시달리고, 형제들끼리 돈 문제로 다툼을 하는 일이 잦았다고 한다. 게다가 직업 성격상 일반인들이 굳이 겪지 않아도 되는 장면들을 앞서서 마주하는 일을 매일같이 해내야 했다. 활발하고 사람 만나는 것을 누구보다 좋아하던 그가 최근 주변 사람들과 관계를 정리하고 있다는 말을 꺼냈다. 마음대로 되는 게 없다고 한탄했다. 나이를 먹어감에 따라 약해지는 자신이 싫다는 고백을 술 한잔에 털어놓았다.

홀로 품었던 갑갑함이 그녀를 잠들지 못하게 만들고, 그를 외롭게 했다. 결국 그녀는 불면과 가슴 두근거림의 신체 증상이 나타났다. 그에게는 관계를 단절케 하고 작은 일에도 화가 나게 하는 거센 파도가 자주 일었다. 오랜 시간이 쌓여 지금에 이르렀다. 고군분투하며 일상을 버텨내고 있었던 거다. 이 이야기는 특별한 누군가의 이야기가 아니다. 가까운 친구, 가족, 동료의 이야기다. 건강한 누군가라도 제때 힘듦을 적절하게 해소하지 못하고 가슴이 꽉 막힌 채 하루하루를 맞이해야 한다면 자기도 모르는 사이 소진이라는 종착역에 다다른다.

소진. 번 아웃(Burn out). 즉, 타들어 가는 듯 지친 상태이다. 모두 불타고 사라져 시커먼 재만 덩그러니 남은 상황이다. 소진이 오면 일단 현재가 불만족스럽다. 몸도 예전만 하지 못하고, 피로가 몰려온다. 잠을 많이 자도 피곤한 느낌의 연속이다. 일이 즐겁지 않으며, 어디론가 피하고 도망가고 싶다. 하던 일을 그만둘까 말까 고민한다. 사람들과 보내는 시간이 공허하다. 심한 경우 냉소적으로 삶의 태도가 변한다. 탓하고 싶은 일도 많다. 아니, 그조차 힘이 나지 않는다. 자신을 원망한다. 소진의 결과가 이토록 무섭다.

사람들은 저마다 불편함을 해소하는 방법을 적용하며 살아간다. 그런데 그것은 비슷한 패턴으로 반복될 가능성이 크다. 게다가 심적 어려움으로 시야가 좁아질수록 건강하지 않은 방법을 선택할 우려가 있다. 웅덩이에 발이 빠져 옷이 점점 더 축축해지는 데도 그걸 느끼지 못하고 온통 다른 곳에 신경이 집중된다. 처음부터 그랬던 건 아닐 거다. 나름의 방법으로 잘해보려 했는데 만족스럽지 않은 결과를 재차 경험하곤 했을 것이다. 아니면 적절한 방법을 애초에 찾지 못해서 길을 헤매고 있었을지도 모른다.

20대 중반 어느 날, 담백하게 살고 싶다는 문장이 불현듯 찾아왔다. 담백하다는 표현은 주로 음식에 쓰인다. 더도 말고 덜도 말고 적당한 양념에 적절하게 간을 맞추면 담백하다 한다. 맑은 국물로도 표현된다. 인생도 담백한 요리처럼 균형이 있었으면 하는 바람이 담긴 문장이었다. 청소년기를 지나 성인이 되기까지 나름 복잡한 사건 사고를 여럿 겪으면서 사는 게 쉽지 않다고 여겼기에 품은 생각이겠지.

담백하다는 걸 다른 말로 바꿔보면 평정심, 조화로움, 편안함 등의 단어로 대체할 수 있겠다. 누구나 한 번쯤 아니 여러 번 바랐던 마음의 상태일 테다. 그런데 균형과 조화를 맞추기가 너무나 어려웠다. 상황이 따라주지 않았다. 갈대 흔들리듯 마음이 자꾸 흔들렸다. 말처럼 쉽게 담백해질 수 없었기 때문에 끊임없이 바랐던 거다.

불쑥 문장이 찾아온 날 이후 '담백'이라는 글자는 마치 삶의 좌우명처럼 여태 살아 숨 쉬는 단어로 존재한다. 필요한 순간에 나타나 조금만 힘을 빼라며 토닥인다.

양념을 보태지 않아도 충분히 맛을 낼 수 있으니 도전해 보라고 속삭인다. 억지로 잘해보려 하면 힘이 들어가서 그르치는 순간들이 있었다. 하지만 가슴에 깊게 새겨 두었던 문장은 다양한 방법으로 비상구 문을 열도록 했다. 사표를 던지고 싶던 날, 너무 피곤해 아무것도 하고 싶지 않던 날, 주어진 몫이 부담스럽게만 느끼던 날. 마음의 균형 맞추기가 필요한 그 어떤 날에도 담백한 하루를 보내자는 마음가짐은 변함없이 여러 시도를 할 수 있게 도와준다.

삶이 자꾸만 퍽퍽하게 느껴진다면 따뜻함을 피워낼 불씨가 약해질 수밖에 없지 않은가. 번 아웃은 자꾸 안으로 움츠리라 요구한다. 내 안에 불씨를 지피기 위해 머리가 아플 땐 일을 접어두고 음악을 듣는다. 하늘을 올려다보며 어깨를 풀고, 눈을 정화한다. 소파에 누워 지나간 드라마를 본다. 작은 풀꽃을 데려와 스케치한다. 동시를 읽는다. 뜨거운 물 한잔 호호 불어가며 마신다. 산책하며 꽃을 만난다. 바람을 들이킨다. 나를 넘어뜨리려는 마음이 걸어오는 씨름에 응하지 않는다. 그랬구나, 그럴 수 있지, 힘들 수 있지, 잘 안 될 수도 있지. 내부를 향한 채찍질을 거두어 낸다. 전화를 걸어 친구의 밝은 목소리를 듣는다. 아이들의 맑은 눈을 느낀다. 그리고 조용한 어느 시간에 펜을 든다.

회복력이라는 단어는 언제고 우리 내부에서부터 출발이다. 더불어 바깥과 연결되어 있을 때 회복할 수 있는 시간을 앞당긴다. 그런데 의외로 자기를 지키기 위해서 마음의 문을 닫아버리는 경우를 자주 본다. 바깥을 보지 않으면 안으로 매몰된다. 작은 넘어짐조차 인정하지 못해 금방 부러지기 쉽다. 소진에서 회복에 이르는 길은 또 다른 아픔을 감내하는 일일지도 모르겠다.

성장통이라 불리는 것. 아프고 따갑지만 바람 한 모금에 희망을 싣고 견뎌내는 일. 맞잡은 손으로부터 생명력을 이어가는 일. 무수한 넘어짐과 일어섬을 반복해야 안정적인 걷기를 완성하는 돌쟁이 아기처럼 걸으려는 의지를 굽히지 않은 채 재차 시도해야 함이다.

자기 돌봄이라는 건 신체적으로, 정서적으로, 관계적으로 풍성할수록 좋다. 오감을 만족시키는 삶의 무기를 다양하게 갖추고 시도할수록 소진과 멀어진다. 혼자 감당하기 힘들다면 전문가를 찾는 방법 또한 열려 있다. 마음에 이르는 통로는 여러 갈래로 펼쳐져 있다. 회복력은 시련 속에서 의미를 찾아갈 때 강력한 힘을 발휘한다. 내부의 공간이 충만해지면서 극복의 에너지가 발휘된다. 반갑지 않은 감정 손님을 오래 잡아두지 말고 잘 달래서 보내줄 때 내면이 무너지지 않는다.

주위에 약한 모습을 보이기 싫을수록 홀로 쓰는 글에서부터 출발해보면 어떨까. 살면서 어려운 상황에 닥쳤을 때 해결에 앞서서 먼저 큰 호흡이 필요했던 것처럼 조용히 가다듬는 시간을 통해 나를 일으켜 세워보는 거다. 진솔하게 자신을 만나는 일은 삶의 깊이를 더하는 동시에 숨겨진 창의적 힘을 발견하게 한다. 자주 들여다보고 의미를 찾는 노력을 기울일 때 엉뚱한 방향으로 흘러가지 않는다. 오늘도 우리는 하루를 수정해나갈 기회를 얻었다. 유한한 시간이지만 무한한 가능성이 존재하는 오늘이다.

소진의 위기에서 문장을 짓는 일은 자기를 세우는 일이며, 본연의 모습을 찾는 대화이다. 이를테면 독백의 형태가 된다. 글을 쓸 땐 손만 움직이는 게 아니라 독백을 하듯 말도 함께 나오기 마련이다. 쓸 글이 말로 나오면서 글자로 옮겨진다. 문장은 눈으로 읽히는 동시에 귀로도 들리는 혼잣말이 된다. 말은 뱉어내면 허공 속에 사라지게 되겠지만, 글은 사라지지 않고 메시지를 전달한다. 내적 언어는 회복력을 키워주는 열쇠로 작용한다.

그녀와 그에게 전하고 싶다. 불시에 날아든 가시에 움츠러들지 말고 다양한 방법으로 마음의 창을 넓혀 나가 보라고. 결국은 내 안에 깃들어 있던 메시지가 따뜻한 불씨가 되어 얼어붙었던 마음을 녹이고, 세상을 향한 문을 활짝 열어젖히는 씨앗이 될 거라고. 힘차게 응원을 보내고 싶다.

먼지를 털다

⊙

집 근처 생활용품점에서 샛노란 먼지떨이를 샀다. 발랄하게 보이는 색깔만큼이나 신나게 먼지를 털어낼 수 있을 거라는 기대가 들었다. 대청소하기로 마음을 먹었으니 이 정도 도구는 갖춰야 하지 않을까. 먼지떨이 하나를 만지작거리며 청소 전 의욕을 불태웠다. 어디서부터 시작할지 집안을 스캔한다. 잘 보이지 않는 책이 가득 꽂혀 있는 책장이 1순위다. 이곳은 먼지가 정착하기에 최적의 장소가 된다. 몰래 내려앉은 먼지들. 들키고 싶지 않았겠지만 어림도 없다. 가장 높은 곳을 차례차례 쓸어냈다. 책장뿐 아니라 책 위에도 소복하게 쌓인 먼지가 보였다. 꽂아 놓은 지 오래된 책 또한 한 번씩 꺼내 쓱쓱 털어줬다. 기왕 시작한 김에 집에 있는 먼지를 모두 털어야겠다 마음먹었다.

다음은 주방 옆에 붙은 다용도실 차례다. 분리수거를 할 쓰레기가 차례로 줄지어 있다. 플라스틱 모으는 통, 비닐을 담는 가방, 종이를 모으는 상자. 그리고 중앙 선반 위에는 양파, 감자, 통조림 등 갖가지 용품이 자리를 차지하고 있다. 환기창을 매일 열어두는 곳이라 며칠만 지나도 누런 먼지들이 손가락에 묻어난다. 서랍장을 열어 한 칸씩 쓸어준 다음 자주 쓰지 않는 전기 프라이팬과 에어프라이어, 믹서기 등 가전제품들도 싹싹 닦아주었다. 구석구석 어두운 곳을 닦고 나니 청소 전문가가 된 것 마냥 뿌듯하다. 성취감이 주는 긍정에너지가 엉덩이를 두들겨주니 컴퓨터 책상, 거실 수납장, 아이들 방 침대 머리까지 가뿐하게 해치울 힘이 생겼다.

유난히 볕이 좋은 날이다. 내친김에 이불까지 털어볼까. 며칠간 기침으로 목이 아파 골골거리던 첫째를 위해서 좋은 선택이 아닐 수 없다. 일이 커졌다. 집안에 이불을 모두 털겠다는 결심은 자주 찾아오지 않기에 지금 생각이 들었을 때 바로 행동으로 옮겨야 일을 마칠 수 있다. 2층에서 이불을 털어도 충분하지만, 이날만큼은 꼭 잔디를 밟고서 털어내는 시원함을 만끽하고 싶었다. 끙끙거리며 아이들 방의 이불을 모조리 들고 내려왔다. 계단을 내려오면서 순간 '하지 말까?' 아주 잠시 망설였으나 햇살이 좋아도 너무 좋은 날이라 멈출 수 없었다.

묵은 먼지들이여, 바람에 훌훌 날아가 버려라! 다시는 오지 마라! 주문을 외우듯 먼지를 탁탁 날려주었다. 이불 하나 터는데 괜히 웃음까지 나는 건 왜인지. 아무도 보지 못하는 웃음을 마당의 키 작은 꽃들이 지켜보고 있다. 이 맛을 느끼고 싶어 힘들게 이불을 둘러메고 내려왔나 보다. 무거운 인생사 먼지를 털어내듯이 가볍게 털어낼 수 있다면 얼마나 좋을까. 내 의지대로 여기 툭, 저기 툭 쉽게 두들겨 줄 수 있다면 언제든지 마음대로 그렇게 할 텐데 말이다. 이불을 크게 펼쳐 들고 손바닥으로 쓸고, 치고 나니 속이 시원하다. 이불의 먼지를 털어내며 잠시나마 묵은 짐을 모두 내려놓는 것 같은 개운함을 맛보았다.

물론 먼지는 또 금방 쌓일 것이다. 어느새 먼지는 조용히 내려와 쌓인다. 청소를 한번 하고 나면 며칠 동안은 눈에 잘 보이지 않을 거다. 그러나 때를 놓쳐 청소를 게을리하면 어느덧 진회색으로 변해 두꺼운 먼지층을 이룬다. 시간이 오래 지나 너무 지저분해 보이는 먼지는 손으로 만지고 싶지 않다. 치워내야 하는 것을 알면서도 일부러 방치하며 모른 척을 하게 된다. 특히 창틀에 쌓인 먼지들은 빠른 속도로 자기들만의 영역을 만들어간다. 먼지들이 쌓인 자리 근처를 지나다니며 '치워야 하는데' 속으로 생각하지만, 몸이 움직이는 데까지 시간이 제법 지체된다. 결국 티슈 한 장으로 닦기 어려운 상태가 되면 잔뜩 찌푸린 얼굴로 억지로 걷어내며 손을 여러 번 씻는 일이 생긴다.

마음도 그렇다. 괜찮을 때, 감당할 수 있을 때 털어내지 못하면 응어리들이 마치 짙은 색을 띠는 먼지가 되어버린다. 굳어버리는 응어리는 쉽게 걷어내지 못하는 경우가 많다. 가볍게 털어낼 이야기도 무게가 무거워져 감히 입 밖으로 꺼내기 어려울 때가 있다. 적당한 시점에 어렵지 않게 털어낼 수 있다면 찌푸린 얼굴을 하지 않아도 좋을 텐데. 그게 말처럼 쉽지 않다. 복잡한 마음으로 하루를 보내다 보면 먼지 쌓이듯 불편함이 두껍게 느껴진다. 우선순위 없이 혼란스러운 시간이 뒤섞여 후회, 자책 등 마음의 찌꺼기가 하나씩 먼지처럼 찾아온다.

지나 보면 많은 것들이 그러했다. 쌓이다 못해 흘러넘

쳐 버릴 땐 생각과 달리 화를 내어 버리거나, 오히려 입을 꾹 닫고 그 어떤 말도 듣고 싶지 않았다. 마음속 여유 공간이 없음을 인정하고 싶지 않아 괜한 짜증과 투정을 부렸다. 찰랑찰랑 물이 넘치는 그릇에는 새로운 것이 담길 자리가 없다.

강의를 할 적에 종종 마음을 그릇에 비유하곤 한다. 비워낸다는 건 복원하는 힘을 키워주는 일이다. 새로운 무언가를 감당할만한 자리를 만들어주는 것. 그러니 청소 또한 조금이라도 힘이 덜 들 때 부지런히 움직일 이유가 충분하다. 매일매일 쌓이는 먼지처럼 끊임없이 찾아오는 마음의 부스러기들이 안전하게 앉을 공간을 마련하는 일. 청소하듯 마음 그릇에 여유 공간을 매만지는 일이다.

누구 하나 나서서 내 마음의 먼지를 털어줄 사람은 없다. 아니 털어내 주겠다며 자처를 한다고 하더라도 자기 마음처럼 구석구석 제대로 청소해줄 수는 없다. 귀찮고 때로는 힘들지만 일부러 시간을 내어 털어내야 할 묵은 응어리들이다. 너무 오래 앉아있다가 굳어버리기 전에 기분 좋게 노란 먼지떨이로 두드리듯 '잘 가라' 가벼운 인사를 전하면 된다. 이때 타이밍이 중요하다. 오늘처럼 해가 쨍쨍한 날, 미세먼지 하나 없는 날 이불을 털어줘야 제맛이 나는 것처럼. 바람 타고 훌훌 날아가는 먼지를 보며 다시는 오지 말라고 큰소리도 한번 쳐준다. 헛웃음 한번 짓고 넘어가면 될 일들이 대부분이다. 다시 먼지가 쌓일까 미리 걱정할 필요는 없다.

오지 말라고 어디 오지 않던 먼지이던가. 눈에 보이지 않게 자연스레 찾아올 녀석이다. 너무 늦지 않게 털어만 준다면 청소하기 부담스러울 일이 없다. 뭐든 제때 움직이지 않으면 고생하는 법이니까. 먼지 청소도, 이불 청소도, 마음 청소도 말이다. 수고스럽지만 털어내는 재미가 제법 쏠쏠하다.

잘 가라! 먼지야!

또 오렴, 탁탁 잘 털어서 보내줄게.

균형 맞추기

유난히 분주했던 23년 1월을 마무리할 무렵 그제야 새해 계획을 세우지 않은 게 왠지 아쉬워 다이어리를 펼쳤다. 여느 해와 달리 계절학기 수업을 하느라 겨울 끝자락 동안 남은 에너지를 온통 수업에 쏟아부은 터다. 종강과 동시에 설 연휴를 바삐 보내고 난 뒤 아무 일정 없는 어느 금요일, 늦잠을 자고 일어나 라떼 한 모금에 커튼 사이로 비친 햇살 한 모금 들이키니 이보다 더 좋을 수 없다. 방학이 한창인 아이들도 자기들 나름의 시간을 즐기는 중이다.

남매의 수다를 노래 삼아 거실 북카페 지정석에 앉아 펜을 꺼내 들었다. 곳곳이 여백인 1월의 다이어리에 '올해 버킷리스트', '무엇을 향해 달릴 텐가', '올해의 가치', '몸과 마음의 균형 맞추기' 등 생각을 풀어낼 큰 주제들을 두서없이 적었다. 굳이 큰 목표가 없으면 어때, 천천히 생각하면 되지 뭐, 했다가도 막상 글로 적힌 문구들을 보니 크고 작은 물음표가 마음속에서 만들어지고 있음이 느껴진다. 간질간질 손가락도 물음표를 따라 움직인다.

작년 이맘때가 떠올랐다. 단독주택으로 첫 입주를 앞두고 있던 1월이다. 기본 설계 틀을 직접 했다는 자부심과 마음껏 누빌 작은 마당이 있다는 설렘에 매일 밤 부푼 꿈을 꿨다. 한편 살던 아파트가 팔리지 않아 속앓이를 동시에 하면서 이사 준비가 한창이었다. 버릴 짐을 매일같이 골라내고, 화분을 한곳으로 모으고, 새집을 꾸밀 물품을 찾아보느라 하루가 짧게 느껴졌던 것으로 기억한다.

어떤 마음으로 새로운 해를 맞이했었을까. 잠시 눈을 감고 그 당시의 나로 돌아가 그때의 심정을 느껴보았다. 뇌 전이 두려움을 싹 걷어내고 다시금 비친 햇살에 감사하며 '이제 살았으니 됐다, 다른 것보다 건강이 최고다, 내 주변의 소중한 이들과 보내는 하루만큼 중요한 것이 없다' 그야말로 새 마음 새 뜻으로 가슴 벅차게 새해를 맞이했더랬다. 아무 일도 하지 않는 호사를 누리며, 쓰고 싶은 글을 실컷 쓰면서 말이다. 건강 회복이라는 큰 타이

틀을 필두로 운동과 산책, 그림, 글쓰기와 블로그 등 좋은 경험으로 1년을 충전했음이다.

매년 새해가 시작될 때만큼 마음을 다잡아 보는 시기가 또 있을까. 굴곡진 지난 한 해를 토닥이며, 그러함에도 내년에는 더 좋은 일이 있을 거라고 희망을 품어보는 때. 연말, 연초라는 숨 쉴 공간 덕분에 다시금 일어날 기운이 생긴다. 작심삼일이 될지언정 자신을 돌보기 위한 구체적인 계획이 쏟아지는 시기가 아니던가.

운동하기, 건강한 식단 차리기, 살 빼기 등등 매번 비슷한 목표일지라도 마치 새것처럼 다듬어져 나온다. 신체 건강뿐 아니라 관계를 위한 다짐도 하게 되는 시기다. 부모님께 자주 연락드리기, 소중한 이 챙기기, 감사한 이 만나기. 그뿐이랴. 자격증 취득, 입사, 어학 점수 높이기, 취미생활 만들기 등, 삶을 업그레이드하기 위한 계획까지 무수한 다짐이 글로 적히는 때가 연말, 연초다. 그동안 펼쳤던 매듭을 모으고, 새로운 매듭을 만들기 위해서 아름다운 목표들이 마구 샘 솟는 시점이다.

굵직한 목표들은 대부분 글자로 적힌다. 다이어리, 포스트잇, 노트에 담긴 짧은 문장들은 그저 읽기만 해도 무언가 달성한 것 같은 기분 좋음을 선물해준다. 그래서인지 결과 여부와 관계없이 매년 스스로 다짐을 하는 행위는 일종의 의식과 같다. 머릿속에 둥둥 떠다니는 것보다 글자로 문장으로 새겨두었을 때 동기부여가 확실하다. 운이나 능력에 의존한 계획이 아닌, 스스로 개척하고 시도하는 노력에 힘이 실리기 때문에 더욱 강력한 불씨를 지필 수 있다.

우리는 어떠한 행동을 하게 된 이유 그리고 그 행동을 유지하는 원인을 설명할 때 동기(motive)라는 단어를 사용한다. 동기는 행동이 향하는 방향을 알려줄 뿐 아니라 무슨 일을 시작하게 된 계기와 도전하는 이유를 설명해준다. 살을 빼는 목적이 건강 때문일 수도 있고, 누군가의 잔소리 때문일 수도 있다. 외적 상황으로부터 발생하는 외적 동기냐 아니면 개인의 흥미나 가치, 신념 등으로 일어나는 내적 동기냐에 따라 마음가짐도 달라질 수밖에 없다. 아무래도 내적 동기로부터 발생한 행동일수록 보상 여부에 개의치 않고 그 자체로 의미가 있고, 만족스러움을 느낄 가능성이 크다.

사회생활을 하다 보면 여러 환경적 압력을 무시하기 어렵지만, 그래도 우리는 대부분 새로운 목표나 다짐을 세울 때 자신의 가치, 삶의 의미와 방향을 담아내려 지혜를 발휘한다. 그중에서도 노력이라는 변수는 비교적 변화 가능성이 있는 요인이자 스스로 통제할 수 있는 영역이기 때문에 여러 개의 실천 계획으로 나뉘어 나타난다. 기왕이면 100% 달성 가능한 것으로, 구체적으로, 수치화할 수 있는 목표와 전략일 때 기쁨을 맛볼 수 있다.

성취하고 싶은 목표를 생각하는 것에 그치지 않고, 그것을 글자로 적은 다음 수시로 들여다보면 마치 마법 주문과 같은 효력이 생긴다. 자기 격려의 메시지를 적어두면 더욱 그러하다. I can do it! 나는 할 수 있다! 속으로 한 번 외쳐보는 순간 노력을 기울이기 위한 부스터에 가속도가 붙는 것이 느껴진다. 꺼지려다가도 다시 불씨가 일어난다. 강력한 메시지가 동기부여 된 순간이다.

비단 새해 다짐만의 순간은 아니다. 꼭 새해가 아니면 어떠한가. 우리는 때때로 지난 시간을 완전하게 리셋하고 싶지만 그럴 수 없음을 잘 안다. 그럴 땐 연초를 맞이하는 마음으로 앞으로 할 수 있는 것을 위해, 작은 목표라도 새로운 마음가짐을 가져보면 도움이 된다.

'지나간 것은 지나간 대로 두자'는 노랫말처럼 가볍게 흘려보내는 연습이 필요하다. 이미 가버린 시간은 내 손으로 어찌할 수 없지만, 할 수 있는 것을 위해 실마리를 풀어내는 일은 가능한 일이다. 생각이 뒤엉켜있다면 그럴수록 천천히 글로 적어보기를 권한다. 너무 많은 목표, 너무 높은 목표를 향해 달리고 있지 않았나 돌아보고, 타인의 시선에서 혹은 상황이 요구하는 책임감으로 마음을 돌볼 여유가 없었던 건 아닌지 하나, 둘 써보면 감이 잡힌다. 진솔하게 적힌 문장으로 삶의 나침반이 어디로 향하고 있는지 가늠해볼 수 있다면 몸과 마음의 균형점을 찾을 수 있을 것이다.

망망대해를 항해하는 선장 손에는 나침반이 항상 쥐어져 있을 거란 상상을 해본다. 삶의 균형을 맞춘다는 건 이리 흔들리고, 저리 흔들리고, 어디로 가야 할지 난감한 상황 속에서도 나침반이 가리키는 방향을 따라 전진하는 선장의 결단처럼 매 순간 용기를 필요로 한 일일 테다.

한 해를 꾸리는 계획 속에는 현재를 어떻게 살아갈지에 관한 여러 고민과 기대가 담겨있다. 마음속에 꿈틀거리는 동기의 요소를 하나씩 살펴보며 다이어리에 옮기는 작업은 지쳤던 마음을 위로하고, 나침반이 어디로 향하는지 들여다보도록 한다. 새해를 맞이하는 시점뿐 아니라 첫 달을 시작할 때, 일주일을 시작할 때, 하루를 시작할 때와 같이 언제든 살아 숨 쉬는 희망이다. 라떼를 거의 다 마셔갈 때가 되니 붕 뜬 공기처럼 머릿속을 내내 스치던 생각들이 글자로 하나씩 구체화 되었다. 급하게 결론 짓지 않고 비우고 채워가며 계속 적는 즐거움을 느껴보고자 한다. 삶의 포인트를 어디로 둘 것인가. 하루의 포인트를 어디에 맞출 것인가. 큰 목표를 따라 현재의 내가 할 수 있는 일과 비교적 단기간에 이룰 수 있는 것, 조금 더 공을 들여야 하는 장기 프로젝트를 구분해 본다.

그러고 보면 매 순간이 균형을 맞추는 과정이다. 조금씩 수정해가며, 스스로한테 칭찬을 아끼지 않으며, 소중한 하루를 나름의 계획으로 매만져 나간다. 적어보길 잘했다.

내면의 메시지

✿

상주, 김천, 문경, 구미, 영덕, 울진, 포항, 봉화, 그리고 이번 차례는 영주다. 여름 내내 경북 곳곳을 순회하며 시각장애인 어르신들을 만나는 중이다. 대학의 계절제 수업이 진행되는 3주를 제외하고는 여름 일정이 빽빽하게 찼다. 영주 다음에는 영양, 안동, 칠곡, 의성, 고령이 기다리고 있다. 영주 교육을 마치고 집으로 돌아오는 길, 연일 계속되는 큰비로 고속도로를 달리는 게 여간 부담스러운 일이 아니다. 시야가 확보되지 않으니 긴장은 두 배 달리면 달릴수록 어깨 근육은 단단히 뭉치는 것 같다. 도착을 알리는 IC 표지판을 보고 난 뒤에야 '고생했어'라는 말이 입 밖으로 절로 튀어나왔다. 혼자 주절주절 수고했다며 자기 귀에 위로 메시지를 던지다 보니 벌써 집 앞이다.

지역마다 이틀 동안 인문학 강좌라는 큰 틀 아래 '마음'을 주제로 한 강의를 진행하고 있다. 수강생들은 경증 시각장애인부터 중증까지 연세가 지긋하신 어르신들이 대부분이다. 보통 시각 자료를 이용해 강의할 때가 대부분인데, 오로지 음성으로만 오전, 오후 두 시간씩 이틀을 꽉 채워야 하니 쉬운 교육이 아니다. '마음 주름을 펴는 기술'을 강의 제목으로 삼았다.

겉으로 보이는 주름과 다르게 근심과 걱정, 여러 어려움과 사건 사고로 마음속 보이지 않는 주름이 생겼을 거라 강의 소개를 드리니 많은 분이 고개를 끄덕이신다. 첫째 날 주제는 관계와 의사소통이다. 가까운 관계임에도 갈등할 수밖에 없는 이유를 탐색하고, 현명하게 소통하는 법을 찾아본다. 둘째 날은 마음의 원리 이해와 돌봄의 실천 전략이 주제다. 관계가 없이 살아가는 이 없고, 자기 돌봄이 필요하지 않은 이 없으니 나이와 성별, 장애 여부를 떠나 나눌 수 있는 내용이다.

강의 중간중간 어르신들께서 내어놓는 삶의 이야기보따리 속에는 감히 상상하기 어려운 일투성이다. 6.25 전쟁으로 피난 가며 보았던 처참한 광경, 죽음의 문턱에서 병마와 힘겹게 싸우던 시간, 어릴 때부터 눈이 보이지 않아 집밖에 나와보지도 못하고 구박만 받던 시절의 억울함, 한창 젊은 혈기가 왕성하던 어느 날 갑작스레 눈이 멀어 마음의 감옥에 갇혀 살았던 한(恨), 멸시받고 때론 맞기도 하며 숨죽였던 지난날. 마른 눈물을 훔치며 각자의 아픔을 꺼내 놓으셨다. 어느 하나 애처롭지 않은 사연이 없다. 운전 중 잠시 잠깐 거센 빗방울로 앞이 보이지 않는 무서움도 이토록 크게 느껴지는데, 어느 시점부터 먹통이 되어버린 삶이라니.

한 지역에서 맨 앞자리에 앉아 수업을 열심히 듣던 한 어머니의 눈에 눈물이 흐르고 있었다. 삶의 양식이 어떻게 형성되나 하는 주제를 나누던 중이었다. 감은 눈 속에서 무엇을 만나셨을까. 지나간 아픈 시간이 아마 파노라마처럼 스쳤기 때문일 거다.

앞선 쉬는 시간 어머니께서 나에게 다가와 활짝 웃으며 인사를 먼저 건네주셨다. 예고 없이 눈이 멀어 3년간 칩거를 하셨다는 말씀과 함께. 결국엔 정신건강의학과에 입원 치료까지 받으셨다고 한다. 애를 써준 딸 덕분에 회복하고 기관에 적극적으로 나오시며 즐겁게 지내신다 했다. 기관의 여러 프로그램 중에서 노래 교실이 제일 마음에 든다고 아이처럼 수줍어하셨다. 속속들이 사정은 모르지만, 회복의 여정을 더듬으며 뜨거운 눈물이 맺히지 않으셨을까 짐작해볼 뿐이다.

기관에 꾸준히 나오며 활동을 이어가는 어르신들은 마음이 꽤 건강한 편에 속한다. 처음에는 장애를 받아들이기 어려웠으나 길고 긴 수용의 과정 끝에 사회적 자원을 충분히 활용하실 수 있게 되었다. 둘째 날 교육에서 빠지지 않고 물어보는 질문이 있다.

'현재 나의 삶의 만족도 또는 행복도 점수가 얼마나 될까요?' 하는 거다.

물론 낮은 점수대가 나오기도 하지만, 대부분 7~80점이 넘는 높은 점수를 매기신다. 그리고 또 묻는다. '여러 어려움에도 불구하고, 지금 이 자리에 앉아 현재를 누리는 힘, 만족도가 높게 나온 힘은 어디서 온 걸까요?' 아들과 딸, 그리고 배우자, 혹은 부모님. 거의 가족을 먼저 언급 하신다. 자신에게 초점을 맞추어 보자고 하면 긍정적인 마음, 감사하고자 하는 마음, 인내와 양보 등 고운 미덕이 숨어있었음을 내어놓으신다.

한 어르신께서 본인이 큰 깨달음을 얻은 적이 있다며 쉬는 시간에 짤막한 일화를 들려주셨다. 예전에 어느 행사에서 하모니카 연주를 들었는데, 그 연주자는 손이 없었다고 한다. 혼자 하모니카를 들 수 없어서 누군가 들어주거나, 하모니카를 세워서 설치해야만 연주를 할 수 있었다. 그런데 이분의 직업은 따로 있었다고 한다. 바로 화가이다. 처음에는 손이 없는데 어떻게 그림을 그릴지 의문을 품었다고 했다. 하지만 '나는 손이 없지만, 발이 있다는 사실을 알게 되었다'라는 얘기를 듣는 순간 무릎을 칠 수밖에 없었다고 한다. 화가의 말을 전하는 어르신 목소리에서 부드러운 힘이 느껴졌다.

앞에 앉은 나의 손을 더듬어 꼭 잡으셨다. 그리고는 "나는 내 눈이 나에게만 있다고 생각했는데, 아들에게도 있고 남편에게도, 기관의 선생님들에게도 있다는 걸 알게 되었어요" 다소 떨리는 목소리로 말씀을 전하셨다. 눈이 먼 것을 가슴으로 인정한 순간 도움을 적극적으로 요청하고, 오히려 마음이 편안해졌다고 말이다.

비록 시력을 모두 다 잃었지만 바로 앞 사람과 눈 맞춤을 하는 듯한 느낌을 받았다. 우리는 손을 맞잡고 고개를 끄덕였다. "손이 없는 사람이 하모니카를 불고, 그림을 그리는 게 특별한 게 아니라 그의 노력이, 그 힘겨운 극복의 과정이 특별하고 빛나는 것"이라는 이야기를 들는 순간 내 마음에도 큰 파장이 일었다.

수업을 끝내기 전 어르신들의 돌봄 장치로 '자기 격려 메시지'를 만드는 작업을 해보았다. 인생의 크고 작은 일들은 또 다가올 것이며, 하루에도 몇 번씩 마음이 왔다 갔다 할 때가 있을 텐데 '나를 일으켜 세워줄 나만의 문장, 나만의 메시지'를 눈을 감고 떠올려보자 했다.

괜찮아
그럴 수도 있지
천천히 하자
뭐 어때
다시 하지 뭐

각자 자신이 만든 문장을 아이처럼 큰 목소리로 돌아가며 발표했다. 어르신들 표정이 해맑다. 텍스트로 새겨진 메시지의 힘과 또 다른 느낌으로 다가온다. 문자 언어는 글로 적히고, 손으로 새기는 과정이지만 결국 눈이 보이나 보이지 않으나 중요한 건 마음으로 새기는 일이란 걸 배우는 순간이다.

우리 모두에게 필요한 건 진정으로 내가 나를 독려해

주는 메시지를 스스로 들려주는 일이 아닐까. 그들의 글의 씨앗은 눈에 보이지 않는 특별한 문장으로 새겨져 각자의 모양대로 아름답게 피어날 것이다. 언제든 꺼내어 지친 마음을 다독여줄 수 있는 문장으로 잊히지 않았으면 좋겠다. 어르신들께 숙제를 내고 수업을 마쳤다. 지금 입으로 크게 외쳐본 말을 가슴 깊이 기억하고, 자주 사용하시라고.

격려는 용기를 선물한다. 자기 격려는 자칫 웅덩이에 빠질 수 있는 자신에게 얼른 손을 내민다. 우리는 필요한 만큼, 듣고 싶은 만큼 충분히 또 충분히 격려하는 시간을 가져야 한다. 어느 순간이든 일어설 준비가 된 나만의 메시지, 작은 용기를 깨워야 할 이유가 충분하다.

솔직담백하게 자신의 이야기를 꾸준히 풀어내다 보면 어느 사이 마음속 주름이 서서히 펴질 날 오리라 소망해 본다.

에필로그

쓰기의 시작

꺼내고 또 꺼내도 적을 것이 나타나 부단히 써야 했던 시간이 있었다. 헝클어진 인생을 허둥지둥 주워 담는 중인 줄 알았는데, 자꾸 쓰다 보니 자연스레 마음을 향한 여러 갈래 길이 만들어졌다. 특별한 행위가 아니라 아주 평범하고도 안전한 방법으로 자기를 토닥이는 삶의 오아시스가 생겼다고 말해보는 지금이다. 그리 어렵지 않게 도달할 안전지대가 가까이 있다는 건 얼마나 감사한 일인가.

마음을 쓴다는 것. 자기를 풀어낸다는 것. 꼭 글의 형식이 아니라 하더라도 어떠한 형태로든 우리에게 필요한 일이다. 그러나 겹겹이 옷이 다 벗겨진 맨몸의 나를 마주한다는 건 따갑고, 서걱거릴지도 모른다. 민낯이 두려워 있는 그대로 쓰기가 쉽지 않다. 마음을 쓰는 일은 퇴고가 끝없이 이어져야만 하는 글쓰기와 마찬가지로 직면과 수용하는 과정의 반복이다. 과감하게 버리고 소중하게 껴안는 작업이다. 오로지 자신의 땀방울로만 채워지는 시간이다.

쓰기는 삶이라는 긴 길 위에 자기 안으로 이어진 길목마다 무수한 글의 씨앗이 숨겨져 있음을 드러낸다. 인생의 재료가 무엇인지, 어떻게 연결되어 있었는지 깨닫게 한다. 그래서 어디서부터 출발하더라도 내면으로 이어지는 길은 닿아 있다. 다만 글을 쓰며 경계를 할 것이 있다면 지나친 자기 연민이다. 또한 자기 슬픔에 갇혀 세상을 차단해버리는 일이다.

지난 아픔이 잊히지 않아 과거로 자꾸 돌아간다면 마냥 덮어두지 말자. 마음속 저울이 찾아와 이것저것 재고 꾸짖는다면 그것이 무엇을 말하는지 귀를 기울여보자. 불일치로 생겨난 인생의 틈새가 너무나 아프다면 천천히 마음을 꺼내어 들여다보자. 미처 알지 못한 저 깊은 곳에서 씨앗 하나가 애타게 기다리고 있을지 모를 일이다. 하나의 씨앗은 자기만의 삶의 맥락을 펼쳐간다. 세상에 닿아 각자 고유한 인생 이야기를 꽃피운다.

자기 목소리를 발견하는 일이자 씨앗을 움트게 하는 일로써 글쓰기. 삶의 내공을 쌓는 일이다. 결국 마음을 쓴다는 건 창작과 치유 그 어느 사이에서 삶이 풍성해지는 길이라고, 감히 말해본다. 자신이 어디로 걷고 있는지 아는 사람은 길을 잃지 않는다. 주위를 돌아볼 여유가 있다. 자기만의 속도를 유지하며 조급해하지 않는다. 언어는 글로 태어나 종이 위에 머무를지라도 우리는 자신이 쓴 글을 통해 매일 성장해나가리라. 부단한 연습만큼 정직한 게 없다. 근육이 탄탄해지고, 근력이 생기려면 꾸준한 운동이 필수인 것과 마찬가지인 것처럼. 마음을 글로 들여다보고, 정비하는 시간이 쌓이면 어느새 마음 근육이 단단하게 두꺼워져 있을 거다.

지극히 개인적인 경험과 생각을 글로 옮겼다. 가슴 저 깊숙한 곳에서 시작한 문장들이 누군가에게 한 줄기 위로로 닿기를 바라며 글을 매듭짓는다.

내 안의 어디선가 글의 씨앗이 말을 걸어오고 있다면 기꺼이 펜과 노트를 꺼내어 보기를!

publisher

instagram

누구나 글의 씨앗을 품고 산다

초판발행 2023년 10월 25일
지은이 박수진
펴낸이 최대석 **펴낸곳** 행복우물 **출판등록** 307-2007-14호
등록일 2006년 10월 27일 **주소** 경기도 가평군 경반안로 115
전화 031-581-0491 **팩스** 031-581-0492
전자우편 book@happypress.co.kr
값 16,000 ISBN 979-11-91384-70-3

세상에 하나뿐인 북 매칭

의외로 어울리는 책들

의외로 어울리는
책들을 찾아
인연을 만드는
두근두근 책들의
매치 메이킹!

사람과 사랑, 삶과 죽음, 여행과 삶,
그리고 시와 소설의 실타래를 넘나드는 이야기

샤니 보얀주, 장석주, 리처드 파워스, 장강명,
애거사 크리스티 등 다채로운 작가들과의 만남

Yoon Sohee

작곡가가 다양한 악기의 음색을 고려해
새로운 음악을 작곡하듯,
가슴 떨리는 책과의 인연을 경험해 보자.

독서의 재미를 찾고 싶은 모든 이에게 추천합니다!